独行正明 绘

人民邮电出版社
北京

图书在版编目（CIP）数据

动物水浒 / 独行正明绘. -- 北京 ： 人民邮电出版
社，2025. -- ISBN 978-7-115-66637-6

Ⅰ．I242.4

中国国家版本馆 CIP 数据核字第 2025AE3123 号

## 内 容 提 要

《水浒传》作为中国四大名著之一，其魅力经久不衰。本书创新性地运用动物拟人手法，重新诠释了《水浒传》中一百零八将的独特魅力。

书中收录的每个角色都有鲜明的性情、气质和故事。作者在绘制《水浒传》中的角色时，采用了有力的线条，使角色充满力量感和动感，这种凌厉的画风很好地体现了梁山好汉们的勇猛和刚毅。同时，作者对角色形象和场景的细节处理非常精细，对服饰的纹理、武器的构造、角色的表情和动作都进行了细致的描绘，使得画面既丰富又真实。此外，在保持传统绘画风格的基础上，作者还融入了现代审美和创意，使得作品既有古典韵味，又不失现代感。

本书适合对传统文化、《水浒传》等经典名著感兴趣的读者阅读和欣赏。六百多年的口口相传，让《水浒传》成为永恒的经典，希望本书能为读者带来全新的阅读体验。

◆ 绘 独行正明
　　责任编辑 闫 妍
　　责任印制 周昇亮

◆ 人民邮电出版社出版发行 北京市丰台区成寿寺路 11 号
　　邮编 100164 电子邮件 315@ptpress.com.cn
　　网址 https://www.ptpress.com.cn
　　天津裕同印刷有限公司印刷

◆ 开本：889×1194 1/16
　　印张：14.25 2025 年 5 月第 1 版
　　字数：365 千字 2025 年 5 月天津第 1 次印刷

定价：158.00 元

读者服务热线：(010)81055296 印装质量热线：(010)81055316
反盗版热线：(010)81055315

# 序

我与正明大概是在2019年相识，那时，他还在上大学。在他的学生时代，作品就吸引了我。让我印象最深的一幅作品是"人类打捞起的美人鱼"，画面中充满激情与创意，并表达出他对动物的爱与对生命的悲悯情怀。无论是技法，还是思想，都不是他这个年龄该有的成熟与睿智。我心想，这是一个多么出色的少年。

2022年，正明的首部画集《万龙谷 龙族幻想手绘插画集》面世，他希望我为这本书写推荐语。"一位对绘画具有极致热情与才华的少年，描绘出东方传说中的神异动物。他是独行正明，也是艺术世界的麒麟儿。"这是我当时看到他首部画集时的感慨。同年，我邀请这位天才少年加入我负责的电影项目，随后，他为概念视觉打造了无数的异想世界的妖灵。

2024年年底，他不仅在商业项目中展现出了无与伦比的才华，还在业余时间完成了他的长篇巨作《动物水浒》。这部作品把北宋梁山泊一百单八将与飞禽走兽的形象完美融合，创造出另一个别开生面的水浒世界。观之，趣味盎然。

正明再次邀我作序，而我这种以画面讲故事的人，写作并不在行，但他的这种执着与天赋，还有对作品的这股韧劲与耐力，确实与我的艺术创作道路不谋而合。

正明的作品中有一种独到之处，就是"少年感"。这种少年感无论是在之前的《万龙谷 龙族幻想手绘插画集》，还是当下的《动物水浒》，都深深地扎根在他的作品中，使他的作品充满了幻想主义与英雄主义的浪漫，让他如侠士一般在他的理想世界里仗剑天涯。无数次，当我看到他的画笔滑落纸面的瞬间，就如决斗的剑客，宝剑出鞘，不问生死。

曾有人问我，天赋重要还是勤奋重要，在我看来，二者都很重要。在一个职业画家的生涯里，前期可以通过勤奋获得成长，后期则需要天赋成就高度。我期待着独行正明，用自己炽热的艺术生命丈量出无比耀眼的艺术高度。

（张墨一老师的漫画像，独行正明绘）

张墨一
2024年11月4日
于北京

# 自序

大约在2008年的年中，村里兴办起了农家书屋，书屋就开在我家的隔壁。书屋开门当天，我和同学们一起兴高采烈地去看书，不到几天，热度就冷却了下来。于是，书屋被房东改成了棋牌室兼超市，孤零零的一排书架变成了打牌下棋的人"吞云吐雾"的背景板。但我依然坚持去借书。

我喜欢看书，儿童版四大名著虽然我是最后看的《水浒传》，但只翻阅了一章便被其中的人物吸引，这才发现不少之前耳熟能详的人物和段子原来出自《水浒传》。我喜欢上了《水浒传》，把一百单八将的名单抄下来并背得滚瓜烂熟。但书不是我的，自然要还回去，还回去后不免有些失落。于是我就过一阵再去借，反复数次也算通读了《水浒传》。然而，当时看的是儿童版。那年春节，我和父亲在书店买到了原著。当时我9岁，很多内容看不懂，不少字也不认识，但就是硬着头皮反复看，几番下来便彻底陷入水浒的世界。北宋的市井和快意恩仇的江湖令人神往，《水浒传》吸引着我，让我常看常新。

于是，我开始尝试画水浒，从描摹书里的插图到模仿卡牌上的图样，以及央视播放的《水浒传》电视连续剧片尾出现的人物画谱，这些梁山好汉的形象在我的童年、少年，以及青年时代留下不可磨灭的印象，成了我画纸上的常客。

初中二年级时，我偶然得到一卷长纸，便萌生了画一幅水浒长卷的念头。说干就干，我利用寒假的时间画了一些，具体数量如今已经记不清了，有三四十个人物吧。开学后我把这幅长卷带到学校，好朋友看后非常喜欢，当即表示愿意出资50元"巨款"收藏，我大手一挥："咱是兄弟，不谈钱，拿去便是！"我的少年

时代未竟的水浒长卷就此流落他人之手。如今，年少的友情已烟消云散，昔日同窗已相忘于江湖，不复联系，那幅水浒长卷，如今又在哪里？

后来，很长一段时间，我再没有画过水浒。

2022年4月，《万龙谷 龙族幻想手绘插画集》全书稿件交付出版社之后，我回到老家休息，刚完结一部画集创作后的我百无聊赖，就随手画一些小品自娱。偶然瞥见书架上已落灰的《水浒传》，便翻开解闷，少年时代尘封的热血突然涌上心头，是时候再画水浒了！我随手勾勒出几个人物的形象，但并没有抓住角色的精气神。于是，我又随手画了几个动物拟人角色放松，灵感突至，我为什么不画一套动物水浒呢？对动物的爱超过一切事物的我从小有三大爱好——龙、动物和《水浒传》。既然龙的创作已完成，何不将剩下的两样结合起来？新的创作大门突然向我打开，我感到前所未有的兴奋，于是挑灯夜战，三十六天罡的草图几乎一气呵成。

接下来的一两周，我每天都在进行激烈的头脑风暴。为每一位好汉匹配最适合的动物，既要有整体规划，又要各具特色，不能重复。动物种类不宜太偏，人物形象、能力或性格至少要有一项与之呼应。形象要明确、服装和武器要准确、动态表情要传神，这是我对自己的创作要求。构思自然是烧脑的，精神确实是亢奋的！从鲁智深开笔，我每画一幅便发到微信群，不说人物的名号，群友但凡有一人识得便是成功。很幸运，创作引起了群友的极大共鸣，大部分角色大家一眼就能认出，喜爱之情溢于言表，他们开始每日在群内追更。

彼时，《万龙谷 龙族幻想手绘插画集》尚未出版，不少朋友就已经开始期待《动物水浒》的成书了。在随后大半年的时间里，我笔耕不辍，于2022年年底完成了全套底稿。正欲开启上色之际，知名CG水浒画家张墨一老师邀请我加入其领导的影视概念项目，江湖同道之人一见如故，投缘契合，自此受了"招安"……我开始每天为影视项目创作，动物水浒的上色工作随之暂停。两年以来，工作虽忙碌但充实快乐，张老师与其夫人宁姐待我如亲弟弟一样，百般照顾，让我在北京这座大都市里感受到了极大的温暖。我想，这就是水浒道友的豪义之气，在漫长的创作中，它已经融入张老师的生命里。

2023年年中，我又开始继续为动物水浒上色，其间我的爱人佳仪辅助我完成了一部分上色工作，极大地提高了效率，谢谢你！2024年年终，上色工作终于完成了。

许多朋友一直关注着这部作品的出版进度，不断询问，在此一并感谢大家的支持，读者的喜爱是我最大的动力，有人期待很幸福。

论水浒画家，戴敦邦先生是绕不过去的"泰山北斗"。小时候，我和爷爷在电视机前看《水浒传》，被片尾的人物长卷深深吸引，没想到十几年后恰逢《动物水浒》出版前夕，我迎来了与其作者戴敦邦爷爷的缘分。

在2024年11月末上海国际插画艺术节期间，戴爷爷特地过来观展。当逛到我的展位时，他长久驻足，在仔细看了我的一部分作品后，他让我现场画几笔，我当即拿起毛笔开始作画，他还指导了我的运笔方式。随后，我拿出iPad给戴爷爷看《动物水浒》作品，考虑到他目力欠佳，本想也许他简单看几幅就作罢，不承想，戴爷爷兴致

勃勃，竟然从头看到尾。原以为他老人家对这样"另类"的水浒会没兴致、看不上，没想到却兴致盎然。戴爷爷不断问我一些不认识的动物，并一直低声叫好，其间还用上海话嘟哝着认出来的角色名字。能得到水浒国画大师的喜爱与认可，这是我最大的荣幸，一切的辛苦都值了！临走前，戴爷爷叫我次日去他画室做客，这又是何等的幸运！画坛泰斗对一个后辈的关爱与惜才之情，感人肺腑。

我连夜将全套动物水浒作品打印出来，同时将一张原稿装裱好，准备同《万龙谷 龙族幻想手绘插画集》画集一起，当面送给戴爷爷，以表达敬意。第二天见面时，戴爷爷仔细看了我的作品并给予指导，还鼓励我多用毛笔画画，用中国笔墨讲好中国故事。我惟感三生有幸，今后只有加倍努力，才能回报他的期望与厚爱。

戴敦邦水浒是任何一个水浒画家绕不开的丰碑，自然，我也大量学习了戴爷爷的作品。其创作不管从笔墨语言还是造型趣味，都有取之不尽的营养，戴敦邦前辈是真正的"一代宗师"。衷心祝愿他身体健康，福寿绵长。我立志也要像戴爷爷一样，用画笔讲好中国故事，传承灿烂的中华传统文化。

下一步我准备开始创作写实版水浒，我喜欢水浒，动物版仅仅是一个开始。这套创作还不完美甚至是稚嫩的，由于学识和经验所限，其中有很多不完美之处，我会不断学习精进，衷心希望广大读者批评指正。

谢谢你们的支持！

独行正明
2024年12月1日于北京

| 张清 | 没羽箭 | 040 |
| 董平 | 双枪将 | 038 |
| 武松 | 行者 | 036 |
| 鲁智深 | 花和尚 | 034 |
| 朱仝 | 美髯公 | 032 |
| 李应 | 扑天雕 | 030 |
| 柴进 | 小旋风 | 028 |
| 花荣 | 小李广 | 026 |
| 呼延灼 | 双鞭 | 024 |
| 秦明 | 霹雳火 | 022 |

| 燕青 | 浪子 | 080 |
| 解宝 | 双尾蝎 | 078 |
| 解珍 | 两头蛇 | 076 |
| 石秀 | 拼命三郎 | 074 |
| 杨雄 | 病关索 | 072 |
| 阮小七 | 活阎罗 | 070 |
| 张顺 | 浪里白跳 | 068 |
| 阮小五 | 短命二郎 | 066 |
| 张横 | 船火儿 | 064 |
| 阮小二 | 立地太岁 | 062 |

| 欧鹏 | 摩云金翅 | 106 |
| 裴宣 | 铁面孔目 | 104 |
| 萧让 | 圣手书生 | 102 |
| 魏定国 | 神火将 | 100 |
| 单廷圭 | 圣水将 | 098 |
| 彭玘 | 天目将 | 096 |
| 韩滔 | 百胜将 | 094 |
| 郝思文 | 井木犴 | 092 |
| 宣赞 | 丑郡马 | 090 |
| 孙立 | 病尉迟 | 088 |

| 童威 | 出洞蛟 | 146 |
| 马麟 | 铁笛仙 | 144 |
| 金大坚 | 玉臂匠 | 142 |
| 李衮 | 飞天大圣 | 140 |
| 项充 | 八臂那吒 | 138 |
| 孔亮 | 独火星 | 136 |
| 孔明 | 毛头星 | 134 |
| 樊瑞 | 混世魔王 | 132 |
| 鲍旭 | 丧门神 | 130 |
| 扈三娘 | 一丈青 | 128 |

| 汤隆 | 金钱豹子 | 186 |
| 周通 | 小霸王 | 184 |
| 李忠 | 打虎将 | 182 |
| 施恩 | 金眼彪 | 180 |
| 薛永 | 病大虫 | 178 |
| 杜迁 | 摸着天 | 176 |
| 宋万 | 云里金刚 | 174 |
| 曹正 | 操刀鬼 | 172 |
| 穆春 | 小遮拦 | 170 |
| 丁得孙 | 中箭虎 | 168 |

| 段景住 | 金毛犬 | 226 |
| 时迁 | 鼓上蚤 | 224 |
| 白胜 | 白日鼠 | 222 |
| 郁保四 | 险道神 | 220 |
| 王定六 | 霍闪婆 | 218 |
| 孙二娘 | 母夜叉 | 216 |
| 张青 | 菜园子 | 214 |
| 顾大嫂 | 母大虫 | 212 |
| 孙新 | 小尉迟 | 210 |
| 石勇 | 石将军 | 208 |

# 目 录

动

物

水

浒

卷一

三十六

天皇

天魁星

及时雨

座次◎梁山泊一百单八将排位第一

司职◎梁山泊总兵二都头之一

宋江

## 人物生平

郓城县人氏（今山东省菏泽市郓城县）。原为郓城县押司，字公明，与晁盖自幼相熟。因结交四海，为人仗义疏财，江湖人称"及时雨"或"呼保义"；又因其面黑，至孝，排行第三，别称"孝义黑三郎"；因通风报信给梁山贼寇晁盖一事，被外宅阎婆惜知悉后相要挟，宋江怒杀阎婆惜后，流亡江湖。

历尽劫难后，于江州被擒，处决之日被众好汉劫法场相救，后率众投奔梁山落草。上山后，指挥人马先后取得了"三打祝家庄""大破高唐州""大破连环马""打青州""闹华州"的胜利，在山寨的威望日增。攻打曾头市，晁盖被史文恭毒箭射死，宋江率众为晁盖报仇后，继任梁山头把交椅。此后，将梁山"聚义厅"改为"忠义堂"，竖"替天行道"大旗，将梁山将领队伍壮大至一百单八将。

## 动物关联

狗是非常复杂的动物，一面代表着忠诚与友好，一面在大众认知里又带些奴性，如常用"狗奴才"形容某些人，与宋江复杂的性格对应。他又是"黑三郎"，动物自然选了黑狗。

010

## 玉麒麟

座次 ● 梁山泊一百单八将排位第二

司职 ● 梁山泊总兵二都头之一

卢俊义

北京大名府（今河北省邯郸市大名县）人氏，大名府富甲一方的员外，燕青的主人。相貌堂堂，义胆忠肝，棍棒天下无双，人谓"河北三绝"，江湖人又称"玉麒麟"。

晁盖攻打曾头市失败归天后，宋江暂居寨主之位，梁山人马每日守寨居丧。忽一日，请上山一位游方僧人做道场，闲谈间说起北京大名府的卢俊义。宋江说梁山若得此人，再也不怕兵马来攻。吴用遂献计赚得卢俊义上山，李逵自荐跟随。

吴用与李逵扮作算命先生与哑巴道童成功混入卢府，吴用诬称卢俊义百日之内有血光之灾，除非去东南方巽地上一千里之外，方能免于大难。并进一步说有"卦歌"可写于壁，日后可应验，事实上，这是一首陷害卢俊义的藏头反诗。卢俊义坐立难安，不顾贾氏与燕青劝阻，三天后就启程前往泰安州经商"避祸"。

梁山泊脚下，卢俊义不屑店小二提醒，偏打出旗帜主动挑战，随即遭遇李逵等伏击，卢俊义与鲁智深、武松、刘唐、穆弘、李应、朱仝、雷横车轮大战而不惧，在被花荣射中毡笠红缨之后才撤退，但接着被秦明、徐宁追赶，最终在水里被李俊、张顺与阮氏三雄活捉。卢俊义宁死不愿入伙，宋江便与众头领每日轮流宴请"挽留"，四十多天后，管家李固被放下山，吴用提醒墙壁上的是藏头反诗。四个月之后，中秋节近，卢俊义终于下山。

大名府城外，流落街头的燕青诉说了李固告发官府并与贾氏通奸，自己被逐出府的事实，卢俊义反骂燕青造谣，随后卢俊义回到府中便被李固报官围捕。李固用钱买通上下，卢俊义屈打成招，打入死牢。李固欲以五十两金行贿当牢押狱蔡福、蔡庆兄弟结果卢俊义性命，蔡福勒索了五百两。转眼柴进与戴宗找了过来，软硬兼施，用一千两金保卢俊义。最后，蔡福兄弟用黄金打通上下，卢俊义得以保全性命，被刺配沙门岛。押送公人为当初押解林冲的董超、薛霸。董薛二人被李固收买，结果动手时被燕青放冷箭反杀。燕青驮着卢俊义投奔梁山，投宿觅食之际，店小二报官，卢俊义再次被捕。燕青疾奔梁山求救，遇上杨雄与石秀。燕青同杨雄返回山寨报信，石秀独自前往北京继续探听消息。接着，卢俊义在市曹问斩之际，石秀跳楼劫法场，但随即因为寡不敌众兼迷路，两人一起被生擒。戴宗在城内遍贴无头告示，写道：如果卢俊义与石秀被杀，梁山泊必拔寨兴兵，玉石俱焚。新任王太守不敢造次，暂将两人收监，上报朝廷决断，蔡福、蔡庆兄弟只得善待两人。

宋江一打大名府，战败索超、闻达与李成后因关胜围魏救赵而撤兵；二打大名府，正值天寒地冻，不利于攻城，宋江又突患背疮，再次撤退；三打大名府，吴用调兵，在元宵夜观灯时，放火为号，里应外合，终破大名府，救出卢俊义与石秀。卢俊义将所有家财散给梁山泊，手刃李固与贾氏，就此落草。

梁山武力值的天花板对应顶级捕食者，北极熊庞大的身躯好似卢俊义健硕的体格，浑身披白，充满贵气。

智多星

吴用

### 人物生平

郓城县人氏（今山东省菏泽市郓城县）。原为东溪村财主家教书先生，字学究，别称"教授"，自幼与晁盖结交。因满腹经纶，足智多谋，惯使一条铜链，常以诸葛亮自比，江湖人称"智多星"。

促成东溪村"七星聚义"，谋划黄泥冈"智取生辰纲"，智激林冲伙并王伦后，落草梁山，开始军师生涯。

曾头市之战晁盖中箭身亡后，追随宋江左右，为梁山的发展壮大立下汗马功劳。是梁山发展的参与者与决策者，也是梁山荣辱兴衰的第一见证者。

### 动物关联

鹿带点儒雅的文气，且具有聪明的头脑，这些特点与智多星相符，正对应了吴用军师的形象。

入云龙

座次◎梁山泊一百单八将排位第四

司职◎梁山泊掌管机密二军师之一

公孙胜

### 人物生平

蓟州九宫县人氏（天津市蓟州区），拜二仙山罗真人为师，道号"一清先生"，常年云游江湖。因通晓道法之术，江湖人称"入云龙"，惯使一把松文古定剑。探得梁中书为岳父蔡京祝寿搜刮的十万贯民脂民膏"生辰纲"的消息后，赴晁盖处邀约，共同谋划劫取。

东溪村"七星聚义"、黄泥冈"智取生辰纲"、石碣村捉放何涛后，追随晁盖，落草梁山。宋江上山后，以探母参师为名，返蓟州一去不回，其间推荐锦豹子杨林入伙梁山。宋江攻打高唐州，败于太守高廉妖法。吴用派戴宗与李逵去蓟州请公孙胜出山。在戴宗的苦求下，罗真人传授了公孙胜五雷天罡阵法，让其下山辅助宋江"保国安民，替天行道"；并命其"逢幽而止，遇汴而还"。尔后大破高廉妖法，助梁山军攻破高唐州。梁山大聚义时，主持罗天大醮，掘出石碣碑。

### 动物关联

在中国古代，鹤一直被视为一品之尊的贵鸟。它姿态雍容，是灵鸟类中最具仙风道骨的高洁之物，为广大道教中人喜爱。与公孙胜闲云野鹤般的人设非常符合，其飞行能力也对应"入云"。

天勇星

大刀

关胜

座次 ◎ 梁山泊一百单八将排位第五

司职 ◎ 山寨马军五虎将之一

蒲东(今山西省运城市)人氏,关羽嫡派子孙,原蒲东巡检。

外形酷似关羽,使一口青龙偃月刀,骑枣红马,熟读兵书,有万夫不当之勇,人称"大刀"关胜。宋江一打大名府,连败兵马都监李天王李成,闻大刀闻达与上将索超,梁中书连夜写家书,求援岳父蔡京,请朝廷调遣精兵救应。蔡京召集枢密院会议,商讨对策,步司衙门兵马保义使宣赞力荐关胜,蔡京便差宣赞赴蒲东请关胜赴京面议,关胜带结义兄弟郝思文一同奔赴东京。

蔡京喜关胜仪表非凡,当即任命关胜为领兵指挥使,郝思文为先锋,宣赞为合后,调集山东、河北精锐军兵一万五千人,采用关胜"围魏救赵"之计,杀奔至梁山泊。宋江和吴用安排兵马,次第撤回救应,留下断后的花荣、林冲、呼延灼、凌振打退了追击的李成与闻达,大军成功撤回梁山泊。

张横半夜偷袭关胜中军大帐被捉,其余水军头领前往救应,亦被关胜用计打退,并生擒阮小七。宣赞率军直达梁山大寨,花荣迎战,十回合后,燕青射出三箭,宣赞虽未受伤,但是败退回阵。关胜出马迎战,林冲与秦明大战关胜数合,宋江有心降服关胜,故及时鸣金收兵,林冲与秦明不服。

关胜出师不利,深夜嗟叹。忽然呼延灼前来,称宋江一直想归顺朝廷,只是众人不从,他愿联合关胜一起俘获众寇,押解京师,建功立业。关胜不知是计,随后被擒。随后,宣赞与郝思文也接连被秦明与扈三娘生擒。宋江叩首请罪,关胜感动,询问宣赞与郝思文也表示愿意追随后,三人归顺梁山。

时至仲冬,宋江原班人马二打大名府,关胜主动请战,领宣赞与郝思文担任先头部队。飞虎峪中,关胜迎战索超与李成,宣赞与郝思文助战,宋军大败。

时至春天,吴用三打大名府,点拨八路军马,关胜领宣赞与郝思文为第三路军前部。

梁山军三打大名府,终于救出卢俊义与石秀。蔡京再调凌州团练使单廷圭、魏定国继续征讨,关胜与二位将领原是蒲城旧识,遂再次主动请缨出战。关胜施"拖刀计"将单廷圭打落马下后劝降,单廷圭归顺梁山。

次日,关胜再战魏定国,输给神火兵阵后撤退四十里。此时,李逵与枯树山鲍旭等人已经攻克凌州,魏定国只好逃往中陵县。随后,关胜听取单廷圭之言,单刀匹马前往县衙,用诚意劝降了魏定国,魏定国亦归顺梁山。

攻打东昌府时,关胜出阵,救回被飞石击伤的朱仝与雷横,横刀挡住张清再打来的飞石后撤回本阵。梁山排座次,关胜位居五虎将之首。

五虎将之首,马军魁员,其人设对应凶猛霸气的老虎是很合适的。

天雄星

豹子头

座次◎梁山泊一百单八将排位第六

司职◎山寨马军五虎将之一

# 林冲

## 人物生平

东京（今河南省开封市）人氏，原为八十万禁军枪棒教头。因相貌如豹头环眼，燕颔虎须，江湖人称"豹子头"，惯使一杆丈八蛇矛。

娘子屡遭高衙内侮辱，林冲隐忍制止，然仍遭高俅罗织"携刀私入白虎堂"的罪名，被刺配沧州。押解至野猪林，两个公差董超、薛霸欲行加害时，被鲁智深解救。尔后路经柴进府，棒打傲慢的洪教头。沧州牢城营，高俅再嫁祸其"火烧草料场"，山神庙风雪中，林冲怒杀陆虞候，因走投无路，夜奔梁山。

## 动物关联

花豹作为一种大型猛兽，性格孤僻，爆发力强，与林冲"豹子头"的绰号和高强的武艺相符。

天猛星

霹雳火

秦明

座次 ◎ 梁山泊一百单八将排位第七

司职 ◎ 山寨马军五虎将之一

### 人物生平

山后开州人氏（地区不详），出身军官世家，原为青州兵马指挥司统制，黄信的师父。因性如烈火，声若雷霆，有万夫不当之勇，江湖人称"霹雳火"，惯使一条狼牙棒。

黄信押解宋江与花荣二人至青州途中被清风山一派拦截打败，知府派遣秦明前去攻打清风山。

与花荣大战几十回合后，被花荣射落盔缨，之后中计被捉，被劝归降，秦明拒绝。但次日返回青州后，发现后路已断。宋江以"上界星辰契合"之名劝降，秦明无奈归降。为安抚失去家小的秦明，宋江将花荣之妹嫁与秦明。

尔后秦明说服徒弟黄信，师徒二人随清风山一派同投梁山。后陆续参与多次大小战役，战绩显赫。

### 动物关联

山魈的性格暴躁、凶猛、好斗，身体强壮，充满力量，正对应霹雳火秦明的性格特点。

天威星

双鞭

座次 ◎ 梁山泊一百单八将排位第八

司职 ◎ 山寨马军五虎将之一

呼延灼

## 人物生平

并州太原（今山西省太原市）人氏，宋朝开国名将河东呼延赞嫡派子孙，原为汝宁郡都统制。善使两条水磨八棱铜鞭，有万夫不当之勇，江湖人称"双鞭"呼延灼。

梁山军攻陷高唐州以后，高俅奏报朝廷，宋徽宗降旨高太尉选将调兵，务必"扫清水泊"。高俅保荐呼延灼，呼延灼又荐举陈州团练使韩滔与颍州团练使彭玘二人担任正副先锋。三路兵马选精锐马军三千，步军五千，于京师甲仗库不拘数目，任意挑选衣甲盔刀，旗枪鞍马，弓箭火炮，并打造连环铁铠军器等。半月左右，兵马完足，立下军令状，浩荡杀奔梁山。

宋江领军交战，呼延灼车轮交锋于林冲、扈三娘与孙立，不分胜负；彭玘被扈三娘活捉。随后呼延灼、韩滔以"连环甲马"大败梁山军，又请来大宋第一炮手"轰天雷"凌振助战，令梁山军陷入苦战僵局。

吴用令水军头领引诱凌振至水里就擒。汤隆献计，须赚表兄"金枪手"徐宁上山，用徐家独门钩镰枪法方可破解"连环甲马"。随后时迁盗甲，徐宁上山，梁山军大破连环甲马；韩滔被擒，呼延灼只身败走，前往青州投奔只有一面之识的慕容知府，期望通过慕容贵妃打通朝廷，再引军报仇。行至桃花山下，御赐的踏雪乌骓马被盗。

慕容知府说呼延灼须先助其剿除桃花山、二龙山、白虎山的贼寇，方能替其向朝廷保奏。呼延灼打退桃花山周通，李忠向二龙山求援；呼延灼大战鲁智深、杨志，不分胜败；惆怅之际被慕容知府召回。原来，其时白虎山孔明、孔亮下山劫牢，救叔叔孔宾，呼延灼活捉孔明；孔亮败退之际遇到武松，三山人马聚集，杨志让孔亮星夜前往梁山，请宋江协助攻城才有胜算。

宋江率二十头领和马步军兵三千人驰援三山同打青州，秦明大战呼延灼，不分胜败；随后宋江、吴用、花荣三人亲做诱饵，终使呼延灼掉入陷坑被捉。宋江还回踏雪乌骓马，呼延灼归顺梁山。

随后吴用请呼延灼去赚开青州城门，救援孔明叔侄，一来省力，二来进一步绝其念头。呼延灼骗得慕容知府打开城门，秦明杀死慕容知府，孔亮叔侄被救出，青州城破，三山人马同归梁山。

## 动物关联

强壮威武的熊，顶级猛兽之一，自然应在五虎将之列，可对应武力剽悍的呼延灼。

024

天英星

小李广

座次◎梁山泊一百单八将排位第九

司职◎马军八骠骑兼八先锋使之一

### 人物生平

青州人氏（今山东省青州市）。原为青州清风寨副知寨，将门之后，与宋江本是好友。因箭法天下无敌，江湖人将其与西汉"飞将军"李广相比，称其"小李广"；又因善使银枪，别称"银枪手"。

花荣知悉宋江犯案后，屡寄书信，让宋江前往清风寨暂住。宋江到达清风山后，被燕顺等活捉，化解干戈后，宋江阻止了王英对清风寨知寨刘高妻的不轨行为。后与花荣相聚。

元宵夜观灯，刘高妻恩将仇报反诬宋江，宋江被刘高捉住拷打，花荣大怒，夺回宋江。后被青州都监"镇三山"黄信设计擒拿。两人被押解至青州路上被清风山一派救下，并杀了刘高。黄信求救，慕容知府派青州兵马总管"霹雳火"秦明带兵征剿清风山。花荣箭射秦明盔缨，秦明战败归降，之后说服了黄信与清风山一派同投梁山。

众人赴梁山途中路过对影山，恰遇吕方与郭盛比武，两支画戟彩绦纠缠一起，难解难分，花荣一箭分开两戟，技惊四座。抵达梁山后，晁盖不信花荣神技，花荣抬头射雁，弦响雁落，从此箭法威震梁山。后陆续参与"江州劫法场""智取无为军""三打祝家庄""攻打高唐州""攻打大名府""攻打曾头市"等战役，屡立奇功。

### 动物关联

花荣箭法百步穿杨，鹰视力极佳，性格机警，灵活自由，锁定目标后往往能一击必杀，与花荣冷静、沉稳又果敢的性格相符，"鹰"字又与"天英星"的"英"字对应。

天贵星

小旋风

座次◎梁山泊一百单八将排位第十

司职◎山寨掌管钱粮二头领之一

柴进

## 人物生平

沧州（今河北省沧州市）人氏，本为后周世宗柴荣嫡派子孙。因出身显赫，结交天下，仗义疏财，江湖人称"小旋风"，惯使一杆点钢枪。

倚仗太祖武德皇帝敕赐丹书铁券，柴进在庄园接纳四方豪杰，刺配流放的犯人景仰其名，多有投奔。高唐州知府高廉是高俅的叔伯兄弟，高廉的妻舅殷天锡仗势要夺柴进叔父柴皇城的花园，柴进闻讯与李逵赶赴高唐州。其时李逵因杀死小衙内，已在柴进府上避风月余。柴皇城气愤而死，柴进派人去取丹书铁券，准备上东京告御状。殷天锡却又来滋事，结果被李逵打死。柴进让李逵离开，自己却屈打成招，陷入死牢；宋江率二十二位头领攻打高唐州，解救柴进，却大败于高廉妖法之下；戴宗与李逵赴蓟州，苦求公孙胜出山，破妖法杀了高廉。李逵于枯井中救出重伤的柴进，从此柴进入伙梁山。此后为梁山的招安事业贡献良多。

## 动物关联

白孔雀，通体洁白，满身贵气，有尊贵之相，与柴大官人尊贵的身份相符。

天富星

扑天雕

座次◎梁山泊一百单八将排位第十一

司职◎山寨掌管钱粮二头领之一

李应

**人物生平**

郓州（今山东省菏泽市郓城县）人氏，独龙冈东李家庄庄主，郓州富豪。因使一条浑铁点钢枪，背藏飞刀五口，百步取人，神出鬼没，江湖人称"扑天雕"。

郓州独龙冈前有三座山冈，各踞一村庄，东边是李家庄，西边是扈家庄，中间是祝家庄。三村总计有一万二千多人马，其中祝家庄势力最大。祝家有三子，其中幼子祝彪与扈家庄独女扈三娘许了婚约。三村缔结生死盟誓，但有吉凶，互相救应。自从梁山势力壮大，三村多有防备，唯恐梁山人马下山"借粮"。

心腹管家杜兴带回曾经的救命恩人杨雄，声称有兄弟时迁，无意得罪祝家庄被抓，求李应搭救。在两次修书请求放人皆被祝家庄强硬拒绝后，李应亲自前往，不料反被祝彪射伤。梁山首次攻打祝家庄失利，宋江亲到李家庄请李应支援，但李应托病不见，实则不想与梁山人马有过多交集。

三打祝家庄取得胜利后，宋江让萧让等伪装成知府官兵抓捕了李应与杜兴，罪名是勾结梁山强寇攻打祝家庄。随后又把李应的家小与财产全部带上梁山，并烧毁李家庄。李应与杜兴断了退路，遂落草梁山。

**动物关联**

金雕，大型猛禽，天空的霸主，实力与气质都与李应李庄主有相符之处，且绰号带一个"雕"字。

天满星

美髯公

座次 ◎ 梁山泊一百单八将排位第十二

司职 ◎ 山寨马军八骠骑兼八先锋使之一

朱全

## 人物生平

济州郓城县（今山东省菏泽市郓城县）人氏，原为富户，担任县巡捕马兵都头，后改任当牢节级。因红面虎髯，外貌酷似关羽，江湖人称"美髯公"。惯使朴刀。

晁盖、吴用等七人截取生辰纲后东窗事发，朱全和雷横被派前往缉拿，朱全有意包庇私纵了晁盖等人，并建议他们上梁山。放走晁盖等人后，朱全假作失足，成功撇清了自己。宋江杀阎婆惜后，朱全与雷横奉命前往宋江庄捉拿，朱全在地窖里发现宋江，并再次包庇私纵了宋江。

雷横打死白秀英后入狱，朱全在押解雷横赴济州的途中，放走雷横，并回衙自首，之后被刺配沧州。在沧州，朱全得到知府的赏识让其专职照看小衙内。盂兰盆节时，朱全带小衙内看灯，遇雷横与吴用，劝说其入伙梁山，朱全婉拒。随后为了赚取朱全入伙，吴用授意李逵残忍杀死了小衙内，朱全被迫上了梁山。

## 动物关联

麝牛，其大体型与项下"长须"都很符合朱全"美髯公"的形象。

天孤星

花和尚

座次 ◎ 梁山泊一百单八将排位第十三

司职 ◎ 山寨步军十头领之一

## 人物生平

关西渭州人氏（今甘肃省平凉市），俗名鲁达。早年在延安府老种经略相公麾下从军，后至渭州小种经略相公府上任提辖。因刺一身花绣，江湖人称"花和尚"，惯使六十二斤水磨镔铁禅杖。

为救卖唱父女三拳打死镇关西后，鲁提辖被迫于五台山出家为僧，法名"智深"。半年后难耐清规，醉闹五台山，智真长老让其投奔东京大相国寺，临别赠偈言："遇林而起，遇山而富，遇水而兴，遇江而止"。行至桃花村投宿时，痛打强娶民女的小霸王周通；随后重逢史进，杀了恶僧道，火烧瓦罐寺；至大相国寺后，倒拔垂杨柳，威震众泼皮；而后义结豹子头林冲；野猪林解救林冲；得罪高俅，流落江湖。漂泊至十字坡，被孙二娘麻翻后得张青解救，化敌为友。

打听到二龙山宝珠寺可安身，便前往投奔，却遭邓龙拒绝在山门外。愁闷时，恰逢走投无路的杨志，两人在曹正献计下夺得二龙山。

二龙山、桃花山、白虎山三山聚义，汇宋江打青州后归依梁山，此后为梁山的发展壮大做出重要贡献，但反对招安。

## 动物关联

水牛体格健壮，力量强大，性格有温和善良的一面，也有倔强勇猛的一面，符合鲁智深的人设。

座次◎梁山泊一百单八将排位第十四

司职◎山寨步军十头领之一

行者

天伤星

武松

## 人物生平

清河县（今河北省邢台市清河县）人氏。从小父母双亡，由哥哥武大郎抚养长大。人唤"二郎"。因一身头陀装扮，江湖人称"行者"；又因曾任阳谷县都头，别称"武都头"，惯使两把戒刀。

误以为伤人致死，武松出逃至柴进府上避祸两年，其间结义了杀死阎婆惜也来柴府避祸的宋江。获悉并未致人死后，武松返回清河县，寻找兄长武大郎；途经阳谷县景阳冈，武松大醉后打死吃人猛虎，为民除害，被奉为英雄。武松将赏银全部赠予猎户，得到阳谷县令的厚爱，遂任命其为阳谷县都头。不几日，武松重逢携妻潘金莲移居阳谷县的哥哥。

潘金莲爱慕上武松，试图勾引，被拒；不久，潘金莲在王婆的引诱下与富商西门庆勾搭成奸。奸情败露后，三人合谋毒死了武大郎。出门归来获悉真相的武松手刃潘金莲与西门庆，在四邻见证下押解王婆于县衙自首，被判刺配孟州。随后为报恩"醉打蒋门神"；遭暗算"大闹飞云浦"；为复仇"血溅鸳鸯楼"；最后在孙二娘夫妇帮助下，扮成头陀，投奔二龙山落草。三山聚义打青州后同投梁山，为梁山的发展壮大做出重要贡献。

## 动物关联

原著赞诗："撼天狮子下云端，摇地貔貅临座上"，狮子体格健壮，力量强大，勇猛无比，姿态威严，不可靠近，与武松的人设不谋而合。

双枪将

司职 ● 山寨马军五虎将之一

座次 ● 梁山泊一百单八将排位第十五

董平

### 人物生平

河东上党郡（今山西省长治市）人氏，原为东平府兵马都监。三教九流都通，品竹调弦皆会，心机灵巧，善使双枪，有万夫不当之勇，人称"双枪将"。又因爱冲锋陷阵，称为"董一撞"。

宋江与卢俊义抓阄攻打东平府与东昌府，约定先破城池者为梁山泊主。宋江拈着东平府，卢俊义拈着东昌府。随后二人各领大小头领二十五员，马步军兵一万，水军头领三员，于三月初一下山。

宋江在东平府城外四十里安山镇扎住军马，想差两个人先下一封战书与董平，尽到礼数，如愿归降，就免于动兵。郁保四说认得董平，愿意前往，王定六愿意陪同前往。两人到了府衙，呈上借粮战书，董平大怒，欲将二人即刻推出斩首。程太守说自古两国交战，不斩来使，各打二十讯棍赶回去再看吧，董平令将两人捆起来，直打得皮开肉绽，才逐出城。

郁保四与王定六回到宋江大寨，哭告说董平好无理，太眇视梁山。宋江见状怒气填胸，想即刻发兵吞并州郡。史进出来说，他在东平府有个认识的娼妓李瑞兰，往来情熟，他可潜入城中在她家住下，之后约定时日攻城，等董平出城交战，他于鼓楼上放火里应外合，定可成事。宋江应允。谁知李瑞兰怕受牵连，先将史进告发，董平严刑拷打史进未果，将史进打入死牢。之后吴用献计，派顾大嫂乔装入狱送饭，告诉史进月尽夜必攻城，让他自己想办法脱身后，再里应外合。但匆促间，史进只记住"月尽夜"。三月本是大月，史进误将二十九日当作月尽之夜，结果越狱行动失败。董平趁机带人马杀往城外宋江大寨，宋江遣韩滔迎战，韩滔不敌；再遣徐宁出战，结果两人大战五十回合不分胜败；宋江鸣金收兵后，董平挺双枪冲杀入阵，横冲直撞，直杀到日落时分才罢休。宋江连夜起兵，将东平府围困。

董平素来喜欢程太守的女儿，但屡屡求亲被拒。趁此机会，董平再次求亲，程太守说贼寇临城，不宜谈婚论嫁，等打退贼寇，城池无恙再说。董平再次被拒，心中十分不快。宋江连夜攻城，董平领军出城迎战，林冲与花荣交战几回合之后便走，北宋的军队佯败，四散奔逃。董平不知是计，纵马追赶，一直追到寿春县境内，在驿道上被绊马索绊倒后，掉入前夜挖好的陷坑。扈三娘夫妇、孙二娘夫妇绑住董平去见宋江。宋江亲自解绑劝降，董平归顺。当夜，董平赚开城门，引宋江兵马入城，董平杀入太守家，抢走太守的女儿后，杀了太守一家。排座次后，董平与关胜、林冲、秦明、呼延灼并居马军五虎将。

### 动物关联

论武力，狼凶猛好斗，异常勇武，看性格，已经是大众心中残忍和恶的代名词，俨然一个活脱脱的双枪将。

天立星

没羽箭

天捷星

座次 ◉ 梁山泊一百单八将排位第十六

司职 ◉ 山寨马军八骠骑兼八先锋使之一

张清

## 人物生平

彰德府（今河南省安阳市）人氏，原为东昌府守将。虎骑出身，善用飞石打人，百发百中，人称"没羽箭"。

卢俊义在曾头市生擒史文恭后，宋江遵晁盖遗言，请卢俊义做梁山泊寨主，卢俊义不敢从命。于是，宋江提议两人抓阄，攻打东平府与东昌府，谁先攻下城池谁为寨主，结果宋江拈得东平府，卢俊义拈得东昌府。三月初一，两人各自带领大小头领二十五员，马步军兵一万，水军头领三员下山。卢俊义提兵到达东昌府，一连十天张清并不出城迎敌。首战交锋，郝思文出马，只几个回合便被张清用飞石击伤额角，跌下马来，燕青及时用弩箭射中张清坐骑，救回郝思文。次日再战，樊瑞领项充、李衮舞蛮牌迎战，又被张清副将丁得孙用飞叉击中项充。连输两阵后，卢俊义忌惮，差白胜去向宋江求救，此时宋江已先取得东平府。

宋江援军到达东昌府，张清搦战，随后接连用飞石击伤徐宁、燕顺、韩滔、彭玘、宣赞、呼延灼、刘唐、杨志、朱仝、雷横、关胜、董平、索超十三名头领，直到林冲与花荣生擒了龚旺；燕青、吕方、郭盛合擒了丁得孙后，张清才带着俘获的刘唐退回城内。宋江回营，感叹张清的神勇，吴用献水陆运粮之计赚其出城。张清中计，当夜带兵出城劫粮，打伤鲁智深后，成功劫得岸上粮车；接着再去抢河中粮船，却被公孙胜施法遮天，不能进退。随即林冲出现，将张清连人带马赶下河；李俊、张横、张顺、阮氏三雄、童威、童猛八个水军头领一字排开，张清插翅难逃，最终被三阮生擒。被打伤的众头领欲杀张清雪耻，宋江折箭为誓，极力阻拦，张清见状，下拜受降，归顺梁山。

## 动物关联

猞猁，外表轻俊，捕猎技艺高超，行踪不定，轻快敏捷，很符合张清的形象。

青面兽

座次◎梁山泊一百单八将排位第十七

司职◎山寨马军八骠骑兼八先锋使之一

天暗星

杨志

## 人物生平

太原（今山西省太原市）人氏，杨家将后人，五侯杨令公之孙，武举人出身，曾任殿帅府制使。因生来面颊带一块青色胎记，江湖人称"青面兽"，别号"杨制使"，惯使刀与点钢枪。

因押运花石纲翻船被免职，穷困卖刀时失手杀死泼皮牛二，被刺配充军大名府。在大名府得梁中书器重，与索超比武，大战五十余回合，不分胜败，而后二人均被提拔为管军提辖使。再次押送生辰纲，却被晁盖等七人设计劫取，被迫流落江湖。

流落至青州，在曹正酒店吃饭无钱结账，两人产生矛盾，化敌为友后，得曹正建议上二龙山入伙。上山途中恰逢入伙被拒的鲁智深，两人在曹正的计策下杀死邓龙，占领二龙山。桃花山、白虎山相继被呼延灼打败，鲁智深欲联合三山人马强攻青州，杨志建议联合梁山一起进攻方有胜算。随后三山人马与梁山人马汇聚，降服呼延灼，大破青州，入伙梁山。

## 动物关联

黑豹各项能力强，号称"全能冠军"，又性格孤僻、机警，多夜间活动，和杨志武艺精熟、性格谨慎相符合。其通身黑色，又对应"天暗星"的特质。

天佑星

金枪手

座次 ◎ 梁山泊一百单八将排位第十八

司职 ◎ 山寨马军八骠骑兼八先锋使之一

徐宁

## 人物生平

东京（今河南省开封市）人氏，原东京禁军金枪班教师，汤隆的姑舅表兄。拥有祖传天下独步的金枪法、钩镰枪法，人称"金枪手"。

梁山军大破高唐州后，呼延灼奉命讨伐梁山，摆"铁甲连环马"阵，大败梁山军。汤隆说除非他祖传的武器钩镰枪与表兄徐宁祖传的钩镰枪法方能破解"铁甲连环马"阵，并说只要盗得徐宁视若性命的传家宝"雁翎圈金甲"，他就包办赚徐宁上山。随后时迁盗甲，再与汤隆、乐和设局，一路将徐宁从东京骗至山东境内，最后用蒙汗药将其迷倒，徐宁醒来，已经身在梁山。汤隆与戴宗进一步骗得徐宁妻小上山，再扮作徐宁半路打劫财物，致东京城里贴满通缉文书，彻底断了徐宁的后路，徐宁最终入伙。半月之间，徐宁无保留地教习梁山军士钩镰枪法，最终大破"铁甲连环马"阵，击败呼延灼。

## 动物关联

狞猫体形中等，但奔跑跳跃能力很强，毛皮金红色，"狞"字音又通"宁"字，故选之。

天空星

急先锋

座次◎梁山泊一百单八将排位第十九

司职◎山寨马军八骠骑兼八先锋使之一

索超

### 人物生平

大名府（今河北省邯郸市大名县）人氏，原为大名府留守司正牌军，大名府名将。因性情急躁、逢战必一马当先，江湖人称"急先锋"，惯使一把金蘸斧。

杨志刺配充军大名府，得梁中书赏识，命二人比武，大战五十余回合不分胜败后，与杨志二人同时提拔为管军提辖使。梁山军攻打大名府时被擒，在宋江的怀柔与杨志的劝说下归顺梁山。

### 动物关联

急先锋，"鸡先锋"，斗鸡，好斗惯争，气性大，对应了索超的性格，头上红冠也对应了原著描写的索超的头盔上"斗大来一颗红樱"。

天速星

神行太保

座次◉梁山泊一百单八将排位第二十

司职◉山寨总探声息头领

戴宗

### 人物生平

江州（今江西省九江市）人氏，原为江州两院押牢节级，与吴用是至交。因谙神行之术，能日行八百里，江湖人称"神行太保"。

宋江刺配江州，途经梁山泊被挽留，宋江坚拒，吴用只好修书一封，让宋江带上，请戴宗照应。

宋江到江州牢城后，为引戴宗出来，上下打点时故意不给戴宗，成功激出戴宗，并向其引见了李逵。

醉题反诗后，宋江遭通判黄文炳告发，戴宗指点宋江装疯脱罪，被黄文炳识破后，打入死牢。

知府蔡德章让戴宗送信到东京给父亲蔡京，请示宋江生死。戴宗行至梁山被朱贵麻翻，搜出书信后，方知书信内容。吴用让戴宗去济州将萧让、金大坚骗上梁山，伪造蔡京回信后带回江州，以搭救宋江，又被黄文炳识破，并打入死牢。

吴用察觉伪造的书信有重大纰漏，晁盖连夜带领十六位头领赶赴江州，在行刑之日正好赶到法场，联合李逵劫了法场，救出两人。白龙庙里，宋江、戴宗、李逵与梁山群雄汇合揭阳镇，群雄二十九人小聚义；尔后大闹无为军，杀死黄文炳后齐上梁山。

### 动物关联

叉角羚羊，奔跑速度极快，并且有着惊人的耐力，被誉为地球上最有耐力和善于奔跑的动物，是当之无愧的动物界"神行太保"。

赤发鬼

天异星

座次◎梁山泊一百单八将排位第二十一

司职◎山寨步军十头领之一

刘唐

## 人物生平

东潞州（今山西省长治市）人氏，自幼飘荡江湖，交游广阔，曾在山东、河北一带做私商。鬓边天生一搭带毛朱砂记，江湖人称"赤发鬼"，惯使朴刀。

探得梁中书为岳父蔡京祝寿搜刮的十万贯民脂民膏"生辰纲"消息后，投奔晁盖，谋划劫取。

之后东溪村"七星聚义"，黄泥冈智胜杨志，成功劫得"生辰纲"。白胜被捕后受苦刑，被迫招供，宋江报信。石碣村活捉再放走抓捕七人的济州三都缉捕使臣何涛后，投奔梁山。

曾头市之战晁盖中箭落马，刘唐与白胜拼死救回晁盖；晁盖身亡后，刘唐追随宋江。

## 动物关联

红毛猩猩，猩猩界红毛大汉，看见它的第一眼就认定这就是动物界的"赤发鬼"。

天杀星

# 黑旋风

座次 ◎ 梁山泊一百单八将排位第二十二

司职 ◎ 山寨步军十头领之一

## 李逵

### 人物生平

沂州沂水县（今山东省临沂市沂水县）人氏，原为江州牢城狱卒。因相貌粗壮黝黑，性格暴烈嗜杀，力大无穷，头脑简单，打架时挥舞一对板斧，横冲直撞，江湖人称"黑旋风"。

李逵在家乡打死人后，出逃至江州，哥哥李达为其顶罪坐牢数年，李达对此充满怨恨。后李逵遇赦，被戴宗收编做了一名狱卒。宋江发配江州，戴宗带李逵认识了宋江，三人在江边吃酒，李逵为宋江抢鱼，惹怒张顺，被诱下江灌水痛打。戴宗合谋伪造假信，宋江醉题反诗，两人被判斩首，李逵不知梁山亦有行动，独自前往劫法场。

上梁山不久，李逵回家接老母上山享福，途中遇李鬼假扮自己剪径，被骗后杀了李鬼。到家后，李达报官，李逵偷带老母离开，翻越沂岭时因取水暂离，母亲不幸命丧虎口，李逵怒杀四虎。为赚取刺配沧州的朱仝上山，李逵领计害死知府儿子小衙内，朱仝为此深恨李逵，欲以命相搏，李逵遂留柴进府上暂避。其间打死仗势欺压柴进叔父的殷天锡，导致柴进入狱。而后与戴宗受命请来公孙胜，破了高廉妖法，并在枯井中救出重伤的柴进。

招安时，李逵一直拒绝，大闹东京、撕毁诏书、欲杀钦差、砍倒梁山杏黄旗等，数次被宋江制止。

### 动物关联

野猪体大毛粗，行为粗鲁，性格凶狠，且脾气十分暴躁，其满身黑肉、横冲直撞的形象是活脱脱的"黑旋风"。

052

天微星

## 九纹龙

座次 ◎ 梁山泊一百单八将排位第二十三

司职 ◎ 山寨马军八骠骑兼八先锋使之一

史进

### 人物生平

华州华阴县（今陕西省华阴市）人氏，原为华阴县史家庄少庄主，自幼尚武。因身上纹得九条青龙，江湖人称"九纹龙"，惯使三尖两刃刀。

王进得罪高俅后恐遭不测，携母逃难，途经史家庄投宿，指点史进练武，后收史进为徒，半年传授十八般武艺。少华山二头领陈达到华阴县抢粮，被史进活捉，大头领朱武与三头领杨春自缚前去请罪，感动史进，四人结为密友。中秋夜，四人于史家庄赏月，遭奸人举报后被围捕，四人杀退官兵，烧毁史家庄后，史进远赴渭州寻找王进，随后结识鲁达。寻师未果、盘缠用尽的史进剪径赤松林，重逢鲁智深；"火烧瓦罐寺"后，史进前往少华山落草，被尊为大寨主。

为替画匠王义夺回女儿，史进行刺贺太守，被捉，鲁智深单身前去营救，亦被捉；宋江率梁山军千里奔袭华州，"借用"钦差宿太尉仪仗，用计杀了贺太守，救出二人，少华山一派入伙梁山。

### 动物关联

云豹，小巧的猫科动物，与顶级猛兽相比，似乎带一点少年感，符合史进少年英雄的特质，身上的条形斑纹也很像青龙文身。

天究星

没遮拦

座次◎梁山泊一百单八将排位第二十四

司职◎山寨马军八骠骑兼八先锋使之一

穆弘

### 人物生平

江州（今江西省九江市）人氏，原为揭阳镇富户，穆家庄大少爷，与弟弟穆春为揭阳"三霸"之一。因脾气暴烈，无人可以约束，江湖人称"没遮拦"，惯使朴刀。

宋江刺配江州路上，因缘际会，先遭遇李立、李俊，再因打赏薛永，遭遇穆春、穆弘，最后逃命至江边，遭遇张横。先后遭遇揭阳镇三霸，可谓危机四伏，但最终都化敌为友。"江州劫法场"后，一众人"白龙庙小聚义"，再替宋江报仇"攻打无为军"；其间，穆氏兄弟都发挥了重要作用。

### 动物关联

鬣狗，在大众心中拥有坏名声的草原一霸，外表就非常具有恶霸气质，与穆氏兄弟揭阳一霸的身份非常相符。

056

插翅虎

座次 ◎ 梁山泊一百单八将排位第二十五

司职 ◎ 山寨步军十头领之一

雷横

### 人物生平

郓城县（今山东省菏泽市郓城县）人氏，原为打铁匠，后任县巡捕步兵都头，人称"雷都头"。因膂力过人，能越过宽阔山涧，江湖人又称"插翅虎"，惯使朴刀与枷板。

先与朱仝一起私放晁盖，后又与朱仝一起私纵宋江。怒杀欺辱母亲的白秀英后，被捉拿下狱，得朱仝解救后，携母夜投梁山。曾头市之战晁盖身亡后追随宋江，为梁山的发展壮大做出一定贡献。

### 动物关联

狸猫，机警灵活，跳跃能力强，可称"猫界警长"，对应雷横的身份与其跳远的特长。

座次 ◉ 梁山泊一百单八将排位第二十六

司职 ◉ 四寨水军八头领之一

混江龙

李俊

**人物生平**

庐州（今江西省庐州市）人氏，原为扬子江撑船艄公，能识水性，人称"混江龙"。平时与童家兄弟一同做些贩卖私盐的营生，惯使一把蟠龙槊。

与"催命判官"李立同霸揭阳岭，与揭阳镇的穆弘兄弟、浔阳江张横兄弟合称揭阳"三霸"。李俊听闻宋江发配江州会路过揭阳岭，与童家兄弟连日在揭阳岭下等候，想结识宋江。又一天久候不至，李俊三人返回岭上李立处探问消息，恰遇已被蒙汗药麻翻的宋江，李俊及时将宋江救下。

离开揭阳岭的宋江又接连遭遇了穆弘兄弟与张横，李俊再次及时出现化解危难，尔后众人化敌为友。随后，宋江醉题反诗，遭黄文炳告发，与戴宗同判斩首，江州斩首之日，梁山泊十七位头领劫了法场。其时揭阳镇九人也正赶往相救，却在江边白龙庙与已经得救的宋江等人相遇，一行二十九人白龙庙小聚义，而后攻打无为军，李俊协助张顺生擒黄文炳，之后入伙梁山；上山后，为梁山的发展壮大做出了突出贡献。

**动物关联**

混江龙，能识水性，最终结局也确实成就真龙天子身份，一条龙的加入也为其身世增加了几许奇幻色彩。

天剑星

立地太岁

座次 ◎ 梁山泊一百单八将排位第二十七

司职 ◎ 四寨水军八头领之一，主管东南水寨

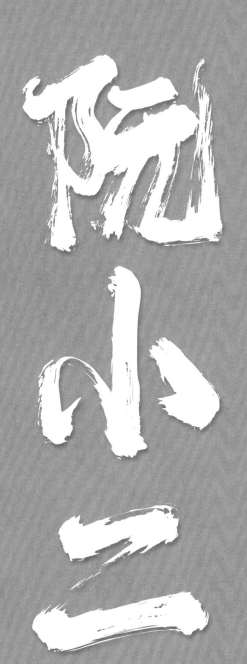

阮小二

### 人物生平

济州石碣村（今山东省泰安市宁阳县）人氏。与兄弟阮小五、阮小七合称"阮氏三雄"，在兄弟三人中排行老大，原为渔夫。因义胆包身，行事凶悍，不惧生死，义气最重，江湖人称"立地太岁"，惯使一把玄铁霸王刀。

东溪村"七星聚义"，黄泥冈"智取生辰纲"，捉放济州三都缉捕使臣何涛后，兄弟三人随晁盖落草梁山。曾头市之战晁盖中箭身亡后，兄弟三人追随宋江，为梁山发展壮大做出重要贡献。

### 动物关联

水獭，水中活跃的生物，也是淡水系统里的顶级捕食者，具有强烈的攻击性，与"阮氏三雄"水中豪杰非常对应。

船火儿

座次 ⊙ 梁山泊一百单八将排位第二十八

司职 ⊙ 四寨水军八头领之一

张横

### 人物生平

江州小孤山下（今江西省九江市）人氏，原为浔阳江艄公，与弟弟张顺为揭阳"三霸"之一。宋代把水手统称为"火儿"，意指船上的伙计。江湖人称张横为"船火儿"，指他的职业。惯使一把蓼叶刀。

起初，兄弟俩一起在浔阳江上做私渡劫财的营生，后来张顺到江州改做渔牙。宋江因打赏薛永得罪穆氏兄弟后，被连夜追赶至浔阳江边，走投无路之下，上了张横的黑船。船至江心，将被谋财害命之际，李俊出现化险为夷，张横拜倒赔罪，并托宋江捎信给张顺。

之后浔阳楼醉题反诗，宋江与戴宗问斩，揭阳镇群雄驾船赶赴江州营救，与宋江并梁山二十九人相会于白龙庙小聚义。而后"攻打无为军"，杀黄文炳为宋江报了仇，众人入伙梁山。

### 动物关联

鳄鱼，水上的恶霸，凶猛残忍，与劫江水霸"船火儿"的形象非常相符。

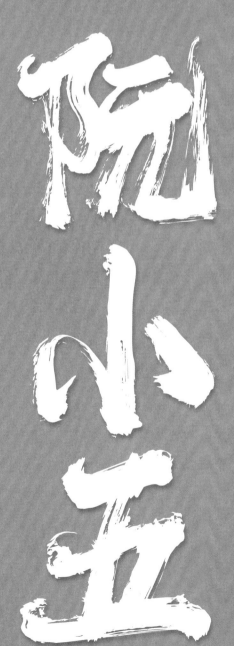

短命二郎

天罪星

座次 ◎ 梁山泊一百单八将座次排位第二十九

司职 ◎ 四寨水军八头领之一，主管东北水寨

阮小五

## 人物生平

济州石碣村（今山东省泰安市宁阳县）人氏。与兄弟阮小二、阮小七合称"阮氏三雄"。在兄弟三人中排行老二，原为渔夫。因义胆包身，武艺超强，不惧生死，江湖人称"短命二郎"，善使一把鳄鱼爪。

东溪村"七星聚义"，黄泥冈"智取生辰纲"，捉放济州三都缉捕使臣何涛后，兄弟三人随晁盖落草梁山。曾头市之战晁盖中箭身亡后，追随宋江，为梁山的发展壮大做出重要贡献。

## 动物关联

水獭，水中活跃的生物，也是淡水系统的顶级捕食者，攻击性强，与"阮氏三雄"水中豪杰的形象非常相符。

天损星

浪里白跳

座次 ◎ 梁山泊一百单八将排位第三十

司职 ◎ 四寨水军八头领之一

张顺

## 人物生平

江州（今江西省九江市）人氏，早年与哥哥张横同霸浔阳江，做私渡劫财的营生，为揭阳"三霸"之一，后至江州改做渔牙。因生得白如雪练，水性精熟，江湖人称"浪里白跳"，惯使一把鱼叉。

宋江在揭阳镇与张横、穆弘兄弟冰释前嫌后，张横托宋江带信给张顺。宋江、戴宗与李逵至江边吃酒，席间因鱼不鲜，李逵去渔船抢鲜鱼给宋江下酒，引发斗殴。张顺诱李逵下水，将其灌得奄奄一息，幸得戴宗及时劝止；宋江拿出张横的家书后，几人化敌为友。而后"江州劫法场""白龙庙小聚义""攻打无为军"，群雄入伙梁山。

宋江染上疮疡，张顺推荐神医安道全，并亲至建康府去邀请，渡江时因疲惫着了截江鬼张旺的道，被劫财后推下江；张顺咬断绳索逃生后，在江边酒店结识了王定六；尔后用计迫使安道全上山；回程时再登贼船杀了张旺，三人共赴梁山。三打高俅时，张顺率水鬼营凿穿海鳅船，并生擒高俅。

## 动物关联

"浪里白跳"对应一条白化鳄鱼，白面煞星的形象非常有说服力。

活阎罗

座次⊙梁山泊一百单八将排位第三十一

司职⊙四寨水军八头领之一，主管西北水寨

阮小七

## 人物生平

济州石碣村（今山东省泰安市宁阳县）人氏。与阮小二、阮小五合称"阮氏三雄"，在兄弟三人中排行最幼，原为渔夫。因义胆包身，行事凶悍，不惧生死，江湖人称"活阎罗"，惯使一柄龙王刺。

东溪村"七星聚义"，黄泥冈"智取生辰纲"，捉放济州三都缉捕使臣何涛后，兄弟三人随晁盖落草梁山。曾头市之战晁盖中箭身亡后，追随宋江，为梁山的发展壮大做出重要贡献，但力反招安。

## 动物关联

水獭，水中活跃的生物，也是淡水系统里的顶级捕食者，攻击性强，与"阮氏三雄"水中豪杰的形象非常相符。

## 病关索

座次 ◎ 梁山泊一百单八将排位第三十二

司职 ◎ 山寨步军十头领之一

杨雄

### 人物生平

河南府（今河南省洛阳市）人氏，原是蓟州府两院押狱兼充市曹行刑的刽子。因武艺不凡，面皮微黄，江湖人称"病关索"，善用朴刀。

戴宗与杨林寻访公孙胜至蓟州，恰逢杨雄行刑归来，目睹了杨雄被军痞欺辱，壮士石秀为其抱打不平的过程。戴宗欣赏石秀勇武侠义，意欲招纳上山。而杨雄感恩石秀解困，与其结拜后接到家中入住，随后开了肉铺与石秀一起经营。

杨雄常在牢中当值，妻潘巧云不耐寂寞，与和尚裴如海私通，石秀识破奸情后告知杨雄，却反被潘氏诬告调戏，杨雄信以为真，赶走石秀。石秀设计杀死裴如海，并在翠屏山与潘巧云当面对质，洗刷了冤屈。杨雄怒杀潘巧云与侍女迎儿后，在石秀建议下欲投梁山落草，恰被潜伏在旁目击了一切的时迁趁机要求带往梁山。

三人途经祝家庄投宿，时迁偷吃了店家的报晓公鸡后被抓。杨雄与石秀通过李应讨要时迁未果，上梁山求援，晁盖却因不屑偷鸡勾当，意欲杀了杨雄与石秀，在宋江劝阻下作罢。一打祝家庄时，杨雄担任先锋之一，失利后，杨雄建议宋江见李应商讨对策，但李应托病婉拒。三打祝家庄时，杨雄大战祝彪。

### 动物关联

杜宾，优秀的军警犬之一，与杨雄两院押狱身份对应，其高傲的气质也符合杨雄的特点。

拚命三郎

石秀

## 人物生平

金陵建康府（今江苏省南京市）人氏，随叔父到外乡贩卖牛马，叔父半途亡故，折了本钱，无法归乡，流落至蓟州卖柴度日。自小习得拳棒在身，一生执意，路见不平必拔刀相助，江湖人称"拚命三郎"。

石秀在蓟州街头看见杨雄被军痞欺辱，为其打抱不平解救了杨雄，戴宗与杨林寻访公孙胜至蓟州，在街头恰好目睹了石秀行侠仗义的过程；戴宗欣赏石秀勇武仗义，主动结识并欲招慕石秀上山入伙。随即杨雄感恩石秀出手相救，结拜石秀为弟，并邀家中居住，开了肉铺与石秀一起经营。

杨雄妻潘巧云与和尚裴如海的奸情被石秀撞破，石秀告诉杨雄却反被潘氏诬陷轻薄，杨雄信以为真，将石秀扫地出门。石秀设计杀了裴如海后，与潘巧云在翠屏山当着杨雄之面对质，还了清白；杨雄怒杀潘巧云与侍女迎儿后石秀建议一起投奔梁山，此时一直在旁窥探的时迁现身，希望带挈共赴梁山。三人途经祝家庄投宿，时迁偷吃了店家的报晓公鸡后被抓。石秀与杨雄通过李应讨要时迁未果，上梁山求援，晁盖嫌偷鸡摸狗辱没梁山名声而欲杀了二人，在宋江的劝阻下作罢。随后引出梁山攻打祝家庄。三打祝家庄，石秀故意被孙立活捉，混入庄内潜伏，助力攻破祝家庄。大名府街头，卢俊义问斩，蔡福举刀行刑之际，石秀孤身跳楼劫法场，救下卢员外。但随后寡不敌众，加上地形不熟被生擒，二人一起被打入死牢。之后梁山军马三打大名府，两人最终被救出。

## 动物关联

德牧，敏捷强健，勇敢智慧，是犬中机警灵活的佼佼者，与石秀心细胆大的特点相符。

天暴星

两头蛇

座次 ◎ 梁山泊一百单八将排位第三十四

司职 ◎ 山寨步军十头领之一

解珍

## 人物生平

登州（今山东省蓬莱市）人氏，父母双亡，武艺高强，与弟弟解宝一起被称为登州"第一猎户"。因勇武好胜，骁勇刚强，江湖人称"两头蛇"，善使浑铁点钢叉。

登州城外有虎豹伤人，知府集结所有猎户，当厅委了杖限文书，勒令三日之内必须捕捉到伤人猛兽。解宝与哥哥解珍潜伏三个昼夜，成功射到猛虎，不料受伤猛虎滚下山脚毛太公的庄园里。随后，毛太公父子将功劳据为己有，并进一步构陷兄弟俩"混赖大虫，抢掳财物"。毛太公女婿是登州孔目，酷刑之下，解宝兄弟被迫认罪后被打入死牢。

小牢子乐和及时联系了顾大嫂，之后孙新、孙立，再加上登云山挚友邹渊、邹润叔侄一起劫了登州牢城，救出了解宝兄弟。原来，解宝兄弟俩与孙新、孙立、顾大嫂三人乃亲上加亲的亲戚———解家兄弟的母亲是孙家兄弟的亲姑姑，解家兄弟的姑姑是顾大嫂的母亲，而乐和的亲姐是孙立的娘子。被救出狱后，兄弟俩与孙立、邹渊及邹润一同血洗了毛家庄，报仇后奔赴梁山落草。两日后，在石勇酒店里，闻听宋江二打祝家庄失利，恰好孙立与祝家庄教师栾廷玉是同门师兄弟，随后，孙立带登州众人成功卧底祝家庄，内应反攻，大破祝家庄，登州一派立大功，入伙梁山。

## 动物关联

加纳利犬是骨骼强健、肌肉发达的知名猎犬，与"解氏二雄"本领高强的猎户身份相对应。

076

天哭星

## 双尾蝎

座次 ◎ 梁山泊一百单八将排位第三十五

司职 ◎ 山寨步军十头领之一

# 解宝

### 人物生平

登州（今山东省蓬莱市）人氏，父母双亡，武艺高强，与哥哥解珍一起被称为登州"第一猎户"。因勇武好胜，骁勇刚强，双腿刺青飞天夜叉，江湖人称"双尾蝎"，善使浑铁点钢叉。

登州城外有虎豹伤人，知府集结所有猎户，当厅委了杖限文书，勒令三日之内必须捕捉到伤人猛兽。解宝与哥哥解珍潜伏三昼夜，成功射到猛虎，不料受伤猛虎滚下山脚毛太公的庄园里。随后，毛太公父子将功劳据为己有，并进一步构陷兄弟俩"混赖大虫，抢掳财物"。毛太公女婿是登州孔目，酷刑之下，解宝兄弟被迫认罪后被打入死牢。

小牢子乐和及时联系了顾大嫂，之后孙新、孙立，再加上登云山挚友邹渊、邹润叔侄一起劫了登州牢城，救出了解宝兄弟。原来，解宝兄弟俩与孙新、孙立、顾大嫂三人乃亲上加亲的亲戚——解家兄弟的母亲是孙家兄弟的亲姑姑，解家兄弟的姑姑是顾大嫂的母亲，而乐和的亲姐是孙立的娘子。

被救出狱后，兄弟俩与孙立、邹渊及邹润一同血洗了毛家庄，报仇后奔赴梁山落草。两日后，在石勇酒店里，闻听宋江二打祝家庄失利，恰好孙立与祝家庄教师栾廷玉是同门师兄弟，随后，孙立带登州众人成功卧底祝家庄，内应反攻，大破祝家庄，登州一派立大功入伙梁山。

### 动物关联

加纳利犬是骨骼强健，肌肉发达的知名猎犬，与"解氏二雄"本领高强的猎户身份相对应。

# 浪子

天巧星

座次 ◎ 梁山泊一百单八将排位第三十六

司职 ◎ 山寨步军十头领之一

燕青

北京大名府（今河北省邯郸市大名县）人氏，自小父母双亡，由卢俊义收养长大。吹拉弹唱、拆白道字、诸路乡谈、诸行百艺市语无所不能，专精弓弩，伶俐非常，通体花绣，江湖人称"浪子"燕青。

晁盖身亡后，为进一步壮大梁山势力，吴用下山赚取河北第一富豪、棍棒天下第一的卢俊义上山。吴用与李逵乔装成算命先生与哑巴道童混入卢府，称卢俊义百日内有血光之灾，除非去东南方一千里之外避难方可脱灾。燕青回家后认为一定是梁山中人的骗术，但卢俊义深信不疑，留下燕青看家，带着管家李固等三天后上路。

梁山脚下，卢俊义不听店小二劝阻，反而打着绢旗高调前行，果然中伏，车轮大战之后力衰，被张顺活捉上山。四十天后，吴用放李固下山，并告知卢俊义已经坐了第二把交椅，不用等他回家，家里墙壁上的藏头诗可作证。李固返回大名府即向官府告发，与贾氏通奸霸占了家财，并赶走了燕青。四个月以后，由于卢俊义宁死不愿入伙，宋江只能送行。归心似箭的卢员外在大名府外碰到衣衫褴褛的燕青诉说家中变故，不肯相信，回到府中即被围捕，之后屈打成招下狱。

李固与柴进先后怀揣重金，找到押狱蔡福、蔡庆兄弟一个要结果卢俊义，一个要保卢俊义。蔡福兄弟惹不起梁山，遂打通关节，终使卢俊义免死刺配沙门岛。李固再次买通押解公人董超、薛霸在途中结果卢俊义性命，结果董薛二人动手之时却被潜伏的燕青反杀。燕青驮着重伤的卢俊义投奔梁山，中途投宿，燕青外出觅食之际，店小二告发，卢俊义再次被捕。燕青疾奔梁山求救，途中撞上杨雄与石秀，商议下燕青与杨雄上山报信，石秀继续前往大名府探听消息。随后，在卢俊义市曹问斩之时，石秀孤身跳楼劫了法场，但寡不敌众兼迷路，二人双双被捉，打入死牢。

梁山军三打大名府，终于救出了卢俊义与石秀，卢俊义献出所有家财，燕青与张顺抓住逃命的李固与贾氏，梁山泊里，卢俊义手刃李固与贾氏。

东昌府之战，燕青用弩箭射中张清战马，救下郝思文，后用箭射中丁得孙，使其被吕方与郭盛生擒。宋江上元夜东京观灯，欲通过李师师上达天听，传递梁山招安愿望，燕青先行探路。李逵误会宋江贪色，打伤杨太尉，纵火青楼，惊扰了天子。宋江、柴进、戴宗得五虎将接应才安全撤退，宋江令燕青等待李逵一起返回。随后，四柳村李逵"捉鬼"杀死狄太公的女儿与奸夫、梁山泊"双献头"救回荆门镇刘太公的女儿，杀死冒充宋江的草寇。宋江自证清白后，燕青给李逵出主意向宋江"负荆请罪"请求谅解。

三月二十八，泰安州东岳大帝诞辰庙会，太原府"擎天柱"任原连续两年相扑无敌，再次张贴牌子，寻天下相扑高手。燕青请缨下山赴会，李逵强硬跟随，之后燕青用相扑绝技"鹁鸽旋"一招制敌，赢了任原，震惊当场。

狐狸聪明伶俐，智商极高，身形小巧轻盈，属于颜值很高的动物，与燕青的形象很符合。为对应其肤白的特点，故选用白狐。

动

物

水

浒

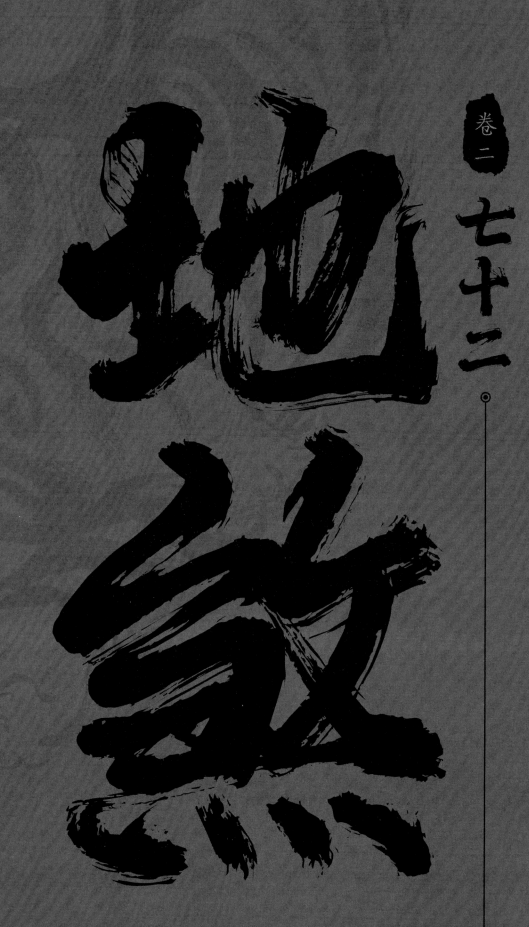

地獄

巻二　七十二

## 神机军师

座次◎梁山泊一百单八将排位第三十七

司职◎山寨参赞军务头领

**朱武**

### 人物生平

定远（今安徽省滁州市定远县）人氏，原为少华山大寨主。因精通阵法，广具谋略，江湖人称"神机军师"，惯使双刀。

累受官司逼迫后，朱武与陈达、杨春聚集几百小喽啰，一同落草少华山；后被官府悬赏捉拿。

山寨缺少钱粮，陈达不听劝告，独自下山去华阴县抢粮，被史进活捉；朱武使出苦肉计，打动史进释放了陈达，并与三人结为密友。中秋之夜，四人于史家庄赏月，遭奸人举报后被围捕，四人杀退官兵，烧毁史家庄；之后不久，史进入伙少华山。大闹华州后，与少华山一派同投梁山，之后担任军师，辅助吴用，为梁山的发展出谋划策。

### 动物关联

葵花凤头鹦鹉，是鸟界智商很高的种类，符合"神机军师"的特质。

镇三山

地煞星

黄信

## 人物生平

青州（今山东省青州市）人氏，原为青州慕容知府麾下兵马都监，是秦明的徒弟。因武艺高强，威震青州，且声称要捉尽管辖地界清风山、二龙山、桃花山三座恶山的草寇，江湖人称"镇三山"，惯使丧门剑。

刘高恩将仇报，捉拿宋江后，又与黄信设计擒拿了花荣，押解二人至青州途中，被清风山一派拦截打败。秦明出马攻打清风山，亦不敌，反被宋江设计劝降，后师徒二人随清风山一派同投梁山。

## 动物关联

非洲野牛，体格强壮，力量惊人。黄信作为地煞星的代言人，应该有这样的体魄。

地勇星

# 病尉迟

座次◎梁山泊一百单八将排位第三十九

司职◎山寨马军小彪将兼远探出哨头领十六员之一

孙立

## 人物生平

琼州（今海南省海口市）人氏，军官子孙，原为调任的登州兵马提辖。是孙新的哥哥。擅使长枪与虎眼竹节钢鞭，面色似金，性格急躁，江湖人称"病尉迟"。

孙新带信给孙立，说妻子顾大嫂重病，临危须见最后一面，孙立与妻子乐大娘子火速赶到，结果发现被骗。原来自己的表兄弟同时也是顾大嫂的表兄弟解珍、解宝因为一只老虎被同村的毛太公构陷，打入死牢，孙新夫妇打算劫牢相救，之后去投奔梁山入伙。孙立被迫无奈加入劫牢队伍，随后顺利解救出解珍、解宝，在血洗毛家庄之后，一路八人星夜奔赴梁山。

两日后，到达石勇酒店，听到宋江二打祝家庄失利，孙立大笑说，愿献计破庄为进身之报。原来，祝家庄枪棒教师栾廷玉是孙立了如指掌的幼年同门师兄弟。随后，孙立伴装登州对调郓州驻防路过，成功取得栾廷玉的信任，打入了祝家庄。四日后，石秀伴装被孙立活捉；五日后，宋江兵分四路攻打，祝家庄兵分四路迎战。最后，庄里内应众人，在乐和歌声示意下血洗祝家庄，助力宋江大破祝家庄。

## 动物关联

犀牛，强大的"陆地坦克"，其超强的力量与孙立在地煞中强大的武力值相对应。

座次 ◎ 梁山泊一百单八将排位第四十

司职 ◎ 山寨马军小彪将兼远探出哨头领十六员之一

## 丑郡马

地杰星

宣赞

## 人物生平

东京（今河南省开封市）人氏，原为步司衙门兵马保义使，曾是王府郡马。善使钢刀，武艺出众。因比赛连珠箭赢了番将，得王爷赏识招赘为婿，但因相貌过于丑陋，郡主不堪忍受饮恨而亡，此后不得重用，江湖人称"丑郡马"。

宋江一打大名府，连败兵马都监李天王李成、闻大刀闻达与上将索超，梁中书连夜家书求援岳父蔡京，请朝廷调遣精兵救应。蔡京召集枢密院会议，商讨对策，宣赞举荐蒲东巡检关胜，蔡京便差宣赞赴蒲东请关胜赴京面议，关胜带结义兄弟郝思文一同奔赴东京。

蔡京见关胜仪表非凡，当即任命关胜为领兵指挥使，郝思文为先锋，宣赞为合后，调集山东、河北精锐军兵一万五千人，用关胜"围魏救赵"之计，三路人马杀奔梁山泊。

宋江与吴用安排兵马次第撤退，并留花荣、林冲、呼延灼、凌振断后伏击追兵；众将打退李成与闻达，成功撤回梁山泊边，遇到宣赞拦路，梁山兵马就地下寨。张横偷袭关胜军营被捉、其余水军头领前往救应，亦被关胜用计打退，小七被捉。宣赞率军直达梁山大寨，花荣迎战，十回合后，燕青射出一箭，宣赞用刀隔开，燕青再射向宣赞胸膛，宣赞镫里藏身躲开，燕青三射，正中宣赞背后护心镜，宣赞败退回阵。呼延灼诈降，关胜中计被俘。秦明、孙立截住宣赞交战，秦明一棍将宣赞搠下马生擒。林冲、花荣截住郝思文交战，扈三娘撒红棉套索，将郝思文拖下马生擒。宋江叩首请罪，关胜感动，问宣赞与郝思文怎么办，两人悉听关胜抉择，随后三人归顺梁山。

## 动物关联

原著形容宣赞"面如锅底，鼻孔朝天，卷发赤须，彪形八尺"和角马体型庞大、面容丑陋的形象符合，丑郡马又与"丑角马"有点谐音联系，故选之。

井木犴

座次◎梁山泊一百单八将排位第四十一

司职◎山寨马军小彪将兼远探出哨头领十六员之一

郝思文

## 人物生平

蒲东(今山西省运城市)人氏,擅长十八般武艺,关胜的结拜兄弟、副将。因其母梦见二十八星宿之井木犴投胎而怀孕,因此人称"井木犴"。

宋江一打大名府,连败兵马都监李天王李成、闻大刀闻达与上将索超,梁中书星夜送家书求援岳父蔡京,请朝廷调遣精兵救应。蔡京召集枢密院会议,商讨对策,步司衙门兵马保义使宣赞举荐蒲东巡检关胜,蔡京差宣赞赴蒲东请关胜赴京面议,关胜带郝思文一同奔赴东京。蔡京见关胜仪表非凡,当即任命关胜为领兵指挥使,郝思文为先锋,宣赞为合后,调集山东、河北精锐军兵一万五千人,用关胜"围魏救赵"之计,杀奔梁山泊。宋江和吴用安排兵马次第撤退,并留花荣、林冲、呼延灼、凌振断后伏击追兵,打退李成与闻达,成功撤回梁山泊。

张横偷袭关胜军营被捉,其余水军头领前往救应,亦被关胜用计打退,小七被捉。宣赞率军直达梁山大寨,花荣三箭射退宣赞。关胜出马大战秦明,林冲、宋江不想让关胜受伤,鸣金收兵。呼延灼诈降,关胜中计被俘。林冲、花荣截住郝思文交战,扈三娘撒红棉套索,将郝思文拖下马生擒。秦明、孙立截住宣赞交战,秦明一棍将宣赞搠下马生擒。宋江叩首请罪,郝思文最后随关胜与宣赞一同归顺梁山。

## 动物关联

驼鹿,身强体大的陆地动物,可担任关胜的左右副手,"犴"字古语也解释为驼鹿。

百胜将

地威星

座次 ◎ 梁山泊一百单八将排位第四十二

司职 ◎ 山寨马军小彪将兼远探出哨头领十六员之一

韩滔

## 人物生平

东京（今河南省开封市）人氏，武举出身，原为陈州团练使。善使一条枣木槊，江湖人称"百胜将军"。

梁山军大破高唐州后，高俅奏报朝廷，并保荐呼延灼领军讨伐梁山，呼延灼举荐韩滔担任正先锋，督战前军开路。半个月左右，三军装备完毕，摆布兵马直杀梁山泊。前军开路韩滔，中军主将呼延灼，后军催督彭玘。韩滔首阵交战秦明，二十余回合便力怯不敌，随即彭玘被扈三娘生擒，归顺梁山。随后，呼延灼与韩滔调动"铁甲连环马"阵，大败梁山军。

汤隆献计，梁山搬得徐宁教习钩镰枪，大破连环马阵。呼延灼单身败走，韩滔被刘唐与杜迁生擒，宋江亲自解绑，彭玘与凌振亦出面劝降，韩滔遂归顺。

## 动物关联

貘，经常听关于食梦貘的传说，但其实它是很普通的动物，像韩滔"百胜将"的绰号，也是名不副实。

地英星

天目将

座次 ◎ 梁山泊一百单八将排位第四十三

司职 ◎ 山寨马军小彪将兼远探出哨头领十六员之一

# 彭玘

### 人物生平

东京（今河南省开封市）人氏，将门之后，原为颍州团练使。惯使一口三尖两刃刀，武艺不俗，江湖人称"天目将军"。

梁山军大破高唐州后，高俅奏报朝廷，并保荐呼延灼领军讨伐梁山，呼延灼举荐彭玘担任副先锋，督战后军。半个月左右，三军装备完毕，摆布兵马直杀梁山泊。前军开路韩滔，中军主将呼延灼，后军催督彭玘。

彭玘首阵交战花荣，二十余回合力怯不敌，随即再战扈三娘，二十余回合后被套索拉下马生擒。宋江亲解其缚，奉为上宾，劝说彭玘归顺梁山。

### 动物关联

"天目将"，斑马额头的花纹总让我联想到一只天眼，故选用了斑马。

096

## 圣水将

地奇星

司职 ◎ 山寨马军小彪将兼远探出哨头领十六员之一

座次 ◎ 梁山泊一百单八将排位第四十四

### 人物生平

凌州（今山东省德州市）人氏，原为凌州团练使。善能用水浸兵之法作战，人称"圣水将军"。

梁山军攻破大名府，梁中书携妻逃出城后，连夜密书申奏岳父蔡太师，奏请立即调兵遣将，剿除贼寇。朝堂上，天子大惊，问询众臣该当如何？谏议大夫赵鼎认为前次派出的关胜也失败了，屡屡失败是因为没有地理优势，不如就此赦罪招安，命作良臣，为国所用是上策。

蔡京叱责赵鼎口出狂言，应该赐死，天子遂革赵鼎为庶人，无人再敢反对。蔡京举荐凌州二位团练使单廷圭、魏定国带本州人马再往梁山泊征讨，百官哂笑。

梁山泊正大摆筵席庆祝攻克大名府、救出卢员外之际，探报传来朝廷又调遣了单廷圭与魏定国二位凌州团练使前来征讨。关胜主动请缨，说水火二将原是他的旧部，他只需带五千军兵，去凌州半路接住二将劝降即可，劝降不成再捉回山寨，不用其他头领费力劳神。宋江大喜，让宣赞、郝思文陪同关胜前往。

关胜到达凌州，水火二将尚未出征，闻听关胜到来，出城迎战。关胜劝降，单廷圭与魏定国怒骂不从，双方交战数合，二将将郝思文与宣赞生擒，随后使玄甲绛衣兵阵将关胜击退；乘胜追击时，梁山后援头领林冲与杨志杀出，将凌州军马击退。二将得胜回城后，令将宣赞与郝思文押赴东京，路经枯树山时被李逵、鲍旭、焦挺救出，五人随后率人马去攻打凌州。关胜再次在城外搦战，单廷圭单独出战。关胜诈败，使"拖刀计"引单廷圭一路追赶，随后用刀背将单廷圭拍于马下。关胜扶起单廷圭好言劝降，单廷圭率五百玄甲兵归顺。

魏定国闻听单廷圭投降后大怒，次日引兵出城交战，阵前大骂单廷圭。关胜怒战魏定国，交战不到十回合，魏定国诈败逃走，单廷圭阻止关胜追赶时，凌州阵内飞出五百绛衣火兵，手执火器，点燃火车，将关胜军兵杀退四十里。但魏定国此时已经无法回城，因为李逵等五人已经攻破凌州城北门，并燃起大火，关胜又趁机杀来回马枪，魏定国首尾不能相顾，凌州失守，只能退驻中陵县屯扎。

关胜率军合围中陵县城，魏定国闭门不出。单廷圭对关胜说对付魏定国只能从宽，不能从急，硬攻恐其宁死不屈，他愿意前去招抚，免动干戈。关胜大喜，让单廷圭前去招抚魏定国。单廷圭独自前往中陵县衙劝降魏定国，魏定国说他可以投降，但必须关胜亲自来请，否则宁死而不辱。次日，单廷圭陪关胜再次前往县衙，魏定国遂率五百火兵归降。

### 动物关联

圣水将自然需要与水有关，故选择了大型水禽鹈鹕，希望它能够驾驭"圣水"之名。

098

神火将

座次 ◎ 梁山泊一百单八将排位第四十五

司职 ◎ 山寨马军小彪将兼远探出哨头领十六员之一

魏定国

## 人物生平

凌州（今山东省德州市）人氏，原为凌州团练使。熟精火攻兵法，上阵专能用火器取人，人称"神火将军"。

梁山军攻破大名府，梁中书携妻逃出城后，连夜密书申奏岳父蔡太师，奏请立即调兵遣将，剿除贼寇。朝堂上，天子大惊，问询众臣该当如何？谏议大夫赵鼎认为前次派出的关胜也失败了，屡屡失败是因为没有地理优势，不如就此赦罪招安，命作良臣，为国所用是上策。蔡京叱责赵鼎口出狂言，应该赐死，天子遂革赵鼎为庶人，无人再敢反对。蔡京举荐凌州二位团练使魏定国、单廷圭带本州人马再往梁山泊征讨，百官哂笑。

梁山泊正大摆筵席庆祝攻克大名府，救出卢员外之际，探报传来朝廷又调遣了魏定国与单廷圭二位凌州团练使前来征讨。关胜主动请缨，说水火二将原是他的旧部，他只需带五千军兵，去凌州半路接住二将劝降即可，劝降不成再捉回山寨，不用其他头领费力劳神。宋江大喜，让宣赞、郝思文陪同关胜前往。关胜到达凌州，水火二将尚未出征，闻听关胜到来，出城迎战。关胜劝降，魏定国与单廷圭怒骂不从，双方交战数合，二将将郝思文与宣赞生擒，随后使玄甲绛衣兵列阵亦将关胜击退；乘胜追击时，梁山后援头领林冲与杨志杀出，将凌州军马击退。

魏定国与单廷圭得胜回城后，令将宣赞与郝思文押赴东京，路经枯树山时，被李逵、鲍旭、焦挺救出，五人随后率人马去打凌州。关胜再次于凌州城外搦战，并用"拖刀计"生擒了单廷圭，单廷圭率五百玄甲兵归顺。魏定国闻听单廷圭投降后大怒，次日引兵出城交战，阵前大骂单廷圭。关胜怒战魏定国，交战不到十回合，魏定国诈败逃走，单廷圭阻止关胜追赶时，凌州阵内飞出五百绛衣火兵，手执火器，点燃五十辆火车，将关胜军兵杀得四散奔逃，后退四十里。

魏定国收兵回城，远望见城内烈焰四起，原来李逵等五人这时已打破凌州城北门，杀入城内。魏定国不敢回城，转头又逢关胜杀来回马枪，首尾不能相顾，凌州终于失守。魏定国败走中陵县屯驻，关胜引军四面合围，魏定国闭门不出。

单廷圭对关胜说，魏定国只宜好言招抚，硬打恐其宁死不辱，他愿意前去招抚，免动干戈，关胜大喜。单廷圭遂独自前往中陵县衙劝降魏定国，魏定国说他可以投降，但必须关胜亲自来请，否则宁死而不辱。次日，关胜带单廷圭再次前往县衙，魏定国遂率五百火兵归降。

## 动物关联

鹤鸵，大型猛禽，又名食火鸡，既能"食火"，可担"神火将"之名。

地文星

圣手书生

萧让

座次◎梁山泊一百单八将排位第四十六

司职◎山寨掌管监造诸事十六头领之一，专管行文走檄调兵遣将

## 人物生平

济州人氏（今山东省菏泽市巨野县），原为济州城里的一名秀才，著名书法家，亦好舞枪弄棒。因擅仿苏、黄、米、蔡等诸家字体，江湖人称"圣手书生"。

宋江因醉题反诗被打入江州死牢。知府蔡德章让戴宗送信到东京给父亲蔡京，请示宋江生死。

戴宗行至梁山被朱贵麻翻搜出书信，方知实情。吴用献计，让戴宗假借泰安州岳庙要写碑文，骗取萧让与金大坚上山，伪造蔡京回信，以救宋江；次日，再使王英等人骗得二人的家人上山，胁迫二人入伙梁山。

## 动物关联

一名书生需配一种比较有文气的动物。自古以来，大雁好像是文人墨客比较钟爱的动物。

铁面孔目

地正星

座次 ◎ 梁山泊一百单八将排位第四十七

司职 ◎ 山寨掌管监造诸事十六头领之一，专管定功赏罚军政司

# 裴宣

## 人物生平

京兆府（今陕西省西安市）人氏，原是本府六案孔目出身，因刚直不阿，不肯苟且，受上司迫害刺配沙门岛，途经饮马川时，被邓飞、孟康所救，尊为山寨老大。因智勇足备，极好刀笔，江湖人称"铁面孔目"，善使双剑。

戴宗与杨林去蓟州寻找公孙胜时路过饮马川，恰遇孟康、邓飞下山劫道，邓飞与杨林原是多年故交，遂邀请戴宗上山盘桓，并引荐了寨主裴宣，戴宗趁机招纳了三人入伙梁山。

## 动物关联

梁山的"首席大法官"自然需要黑白分明，大熊猫在古代似乎有"食铁兽"的称呼，可担"铁面孔目"。

摩云金翅

地阔星

座次 ◎ 梁山泊一百单八将排位第四十八

司职 ◎ 山寨马军小彪将兼远探出哨头领十六员之一

欧鹏

### 人物生平

黄州（今湖北省黄冈市黄州区）人氏，军班世家出身，原是守把大江的军户，因得罪上司避祸江湖，后与蒋敬、马麟、陶宗旺一起落草黄门山。因久在绿林，行步如飞，江湖人称"摩云金翅"，善使大滚刀。

宋江被黄文炳构陷题反诗后被判问斩，欧鹏等四人久慕及时雨大名，闻讯后欲前往江州劫牢，但尚未动身，宋江与戴宗已被晁盖等梁山人马劫了法场救出。接着，宋江大闹无为军，杀了黄文炳雪恨后与晁盖同上梁山，途经黄门山时，被欧鹏等四人迎候上山盘桓，宋江趁机邀请四人一起上山聚义，四人烧毁山寨后同上梁山。

### 动物关联

食猿雕，体态强健，相貌凶狠，是黄门山寨主该有的体魄和气质。

# 火眼狻猊

地阔星

座次 ◎ 梁山泊一百单八将排位第四十九

司职 ◎ 山寨马军小彪将兼远探出哨头领十六员之一

## 邓飞

### 人物生平

盖天军襄阳府（今湖北省襄阳市）人氏，早年曾与杨林合伙，后与孟康落草饮马川，再后来二人救了落难的裴宣并尊为寨主，是为"饮马川三杰"。因双眼赤红，江湖人称"火眼狻猊"，善使一条铁链。

戴宗与杨林去蓟州寻找公孙胜时路过饮马川，恰遇邓飞与孟康下山劫道，邓飞与杨林故交重逢，遂邀请戴宗上山盘桓，并引荐了寨主裴宣，戴宗趁机招纳了三人入伙梁山。二打祝家庄时，邓飞担任先锋之一，搭救欧鹏，在救秦明时也被栾廷玉绊马索绊倒擒获，后获救。打曾头市时，合战史文恭，救回负伤秦明；后随花荣击退凌州援军。

### 动物关联

短尾猴，眼圈赤红，部分毛发较长似狻猊，喜群居，性情友好，对应邓飞爱阵前救人的性格。

锦毛虎

座次 ◎ 梁山泊一百单八将排位第五十

司职 ◎ 山寨马军小彪将兼远探出哨头领十六员之一

燕顺

## 人物生平

莱州（今山东省莱州市）人氏，原为羊马贩子。因天生赤发黄须，江湖人称"锦毛虎"，惯使朴刀。

因生意失败后流落江湖，后与矮脚虎王英、白面郎君郑天寿先后落草青州清风山，为大寨主。避祸的宋江去清风寨投奔花荣，途中路过清风山被捉，化解干戈后宋江阻止了王英对清风寨知寨刘高妻的不轨行为。元夜观灯，刘高妻恩将仇报，反诬宋江与花荣，引发清风山人马大闹青州，黄信与秦明战败后归降，清风寨失陷。清风山一派在朝廷大军征剿前舍弃清风山入伙梁山。之后参与了"江州劫法场""打青州"之战。曾头市之战晁盖中箭后燕顺与呼延灼抢回晁盖；晁盖身亡后燕顺追随宋江。

## 动物关联

锦毛虎，外貌描述总让人想起藏獒，燕顺较高的武艺也对应藏獒好斗和强大的力量。

锦豹子

座次 ◎ 梁山泊一百单八将排位第五十一

司职 ◎ 山寨马军小彪将兼远探出哨头领十六员之一

杨林

## 人物生平

彰德府（今河南省安阳市安阳县）人氏，原流落绿林，早年曾与邓飞合伙，与登云山邹渊、邹润亦颇有交情。因生得一表人才又兼装扮锦绣，江湖人称"锦豹子"。

戴宗奉令下山寻找迟迟不归山寨的公孙胜，半路遇见怀揣公孙胜举荐书信正欲投奔梁山的杨林，两人一见如故，结拜后一同前往蓟州寻访公孙胜。途经饮马川时，遇到裴宣、邓飞与孟康，戴宗趁机招纳三人入伙。行至蓟州时，二人在街头又结识了为杨雄抱打不平的石秀。杨林与戴宗暂寻公孙胜不得，便离开蓟州，返回饮马川，带三杰一同奔赴梁山。

## 动物关联

锦豹子，从字面意思理解，雪豹与之相符。

轰天雷

地轴星

座次 ◎ 梁山泊一百单八将排位第五十二

司职 ◎ 山寨掌管监造诸事十六头领之一，专管营造一应大小号炮

凌振

## 人物生平

燕陵（今河南省许昌市鄢陵县）人氏，原为东京甲仗库副使炮手，大宋第一炮手。善造火炮，武艺精熟，江湖人称"轰天雷"。

呼延灼施展"连环马"阵大败梁山军后，梁山兵马撤退至水寨，四路是水，呼延灼的朝廷兵马一时无路进攻，遂向朝廷请求火炮攻打，索要大宋第一炮手凌振支援。

凌振于水边竖架放炮，吴用让宋江舍鸭嘴滩小寨上关，火炮全部落空。吴用再令六名水军头领引诱凌振下水，凌振中计，在水里被阮小二生擒。宋江亲自解绑，再三枚举，彭玘亦劝说，凌振担忧家人，宋江担保其家人安全上山相聚，凌振遂归顺。

在徐宁钩镰枪法、凌振火炮的辅助下，梁山军大破连环马，韩滔被俘，呼延灼败走青州。彭玘与凌振双双劝降韩滔，韩滔遂归顺。随后，凌振参与打青州，终擒呼延灼。

## 动物关联

吼猴，吼声极大，震耳欲聋，如同炮声隆隆，乃动物界"轰天雷"也。

神算子

地会星

座次 ◎ 梁山泊一百单八将排位第五十三

司职 ◎ 山寨掌管监造诸事十六头领之一，专管考算钱粮支出纳入

## 蒋敬

### 人物生平

潭州（今湖南省长沙市）人氏，原为落第举子。科举落第后弃文从武，与欧鹏、马麟、陶宗旺三人一起落草黄门山。因精通书算，能"积万累千，纤毫不差"，亦能刺枪使棒，布阵排兵，江湖人称"神算子"。

宋江被黄文炳构陷题反诗后被判问斩，蒋敬等四人久慕及时雨大名，闻讯后欲前往江州劫牢，但尚未动身，宋江与戴宗已被晁盖等梁山人马劫了法场救出。接着，宋江大闹无为军，杀了黄文炳雪恨后与晁盖同上梁山，恰好途经黄门山，被蒋敬等四人迎候上山盘桓，宋江趁机邀请四人一起上山聚义，四人烧毁山寨后同上梁山。

### 动物关联

"神算子"需要心细精明，食蚁兽常年捕食小蚂蚁，想必很能把握"细节"。

地佐星

小温侯

座次 ◎ 梁山泊一百单八将排名第五十四

司职 ◎ 守护中军马军二骁将之一

吕方

## 人物生平

潭州（今湖南省湘潭市）人氏，原为贩生药的商人，后因生意亏损无法还乡，遂落草对影山为寇。因爱模仿吕布，江湖人称"小温侯"，惯使一支方天画戟。

同样使用画戟的郭盛要强夺山寨，吕方不肯，两队人马便每日下山厮杀，连战数日，不分胜败。一天，两人打斗正酣，画戟上的绒绦缠在一起，难解难分，一支飞箭突然射断了绒绦，两人休战，下马拜服。原来是闹青州后，投奔梁山路过此地的宋江、花荣、秦明、黄信与清风山一派众人，射箭的是"小李广"花荣。在宋江劝说下，吕方和郭盛带领人马同投梁山，之后两人担任宋江的贴身骑兵护卫。

## 动物关联

宋头领的左右"马仔"之一，外表风流俊俏，应该是一匹矫健的红马。

118

地祐星

座次 ◎ 梁山泊一百单八将排位第五十五

司职 ◎ 守护中军马军二骁将之一

郭盛

## 人物生平

西川嘉陵（今四川省南充市嘉陵区）人氏，原为贩水银的商人。因方天画戟用得出色，江湖人称"赛仁贵"。

船只在黄河遭遇风浪翻船后，返乡无望，郭盛流落江湖，寻找安生之地。路过对影山时，听闻山上也有一个使用画戟的强盗，便想抢夺山寨落脚，但连续挑战数十日仍不分胜败。一天，两人打斗正酣，画戟上的绒绦缠在一起，难解难分，一支飞箭突然射断了绒绦，两人休战，下马拜服。原来是闹青州后，投奔梁山路过此地的宋江、花荣、秦明、黄信与清风山一派众人，射箭的是"小李广"花荣。在宋江劝说下，郭盛和吕方带领人马同投梁山，之后两人担任宋江的贴身骑兵护卫。

## 动物关联

宋头领的左右"马仔"之一，喜穿白挂素，更像一匹贵气的白马。

神医

地灵星

座次 ◎ 梁山泊一百单八将排位第五十六

司职 ◎ 山寨掌管监造诸事十六头领之一，专治内外科疾病

## 人物生平

建康府（今江苏省南京市）人氏，原为建康府开馆名医。因祖传内外科高超医术，远近驰名，人称"神医"。

宋江二打大名府，因天寒地冻久攻不下，心绪烦闷。一日，晁盖托梦告知其有百日血光之灾，只有江南地灵星才可治，嘱其先撤兵为上，免致久围。次日，宋江背生痈疽，疼痛不堪，张顺推荐建康府神医安道全医治，并连夜启程前往敦请。张顺在扬子江上被艄公截江鬼张旺谋财害命，得到王定六父子的帮助，死里逃生找到安道全后，安道全却以发妻刚刚亡故为由不肯前往，张顺百般哀告，安道全勉强应允。其实安道全不想前往的真正原因是舍不得离开一个叫李巧奴的美貌娼妓。安道全当晚带张顺去李巧奴家吃酒歇息，准备次日启程，却遭到李巧奴撒娇阻挠。安道全大醉，李巧奴驱赶张顺，张顺不理。初更时分，截江鬼张旺带着金银来与李巧奴厮会；三更时分，张顺杀了虔婆与李巧奴，张旺翻窗逃走，张顺血书写在墙上："杀人者，安道全也"；五更时分，安道全酒醒，看见现场，吓得发抖，大声叫苦，嗟叹道："兄弟忒这般短命见识"。但退路已无，只能前往梁山泊了。

扬子江边，恰逢张旺。张顺换了安道全的衣服，最终将张旺四马攒蹄，撺入江底，报仇雪恨。

上岸后遇到戴宗赶到，言说宋江终日叫唤，眼看临危，安道全说，只要身体还能感知疼痛，便可医治，只怕再耽误。随即戴宗施神行法与安道全先行，嘱张顺慢慢回程。安道全随戴宗连夜到达梁山，为宋江把脉过后说十日之内就能复旧，结果不到十日，宋江便大病见愈。才得病好，宋江便想再次起兵大名府救卢员外与石秀，安道全劝谏还未痊愈，不可轻动。于是，三打大名府时，宋江坐镇梁山，吴用调兵遣将取得胜利。上山后不久，安道全施妙术帮宋江除掉了脸上的刺配金印。

## 动物关联

年长的神医，总感觉像一头山羊，山羊常年食草，与"神医"的草药有相关之处。

地兽星

紫髯伯

皇甫端

座次 ◎ 梁山泊一百单八将排位第五十七

司职 ◎ 山寨掌管监造诸事十六头领之一，专医一应马匹

## 人物生平

幽州（今北京、河北一带）人氏，原为东昌府兽医。善能相马与医治马匹各类病症，具伯乐之才。碧眼黄须，江湖人称"紫髯伯"。

宋江协助卢俊义取得东平府后，张清归降时举荐皇甫端，说他善能相马，可医治马匹各种病症，"下药用针，无不瘥可，真有伯乐之才"，梁山泊一定有用得着的时候。宋江大喜，遂唤到皇甫端，大小头领观其一表非俗，碧眼重瞳，虬髯过腹，心中尽皆欢喜。皇甫端见梁山众人义气深重，便留在梁山，梁山泊天罡地煞一百单八将至此聚齐。

## 动物关联

外表描写带几分异域色彩，"紫髯伯"让我想到骆驼茂密的"胡须"。

矮脚虎

地微星

座次◎梁山泊一百单八将排位第五十八

司职◎山寨掌管三军内探事马军二头领之一

王英

## 人物生平

两淮（今苏皖两省淮河南北之地）人氏，原为车家出身。因五短身材，勇猛好色，江湖人称"矮脚虎"，惯使长枪与朴刀。

因半路劫财，事发被捕，越狱后逃至清风山落草，与燕顺、郑天寿一起占山为王。宋江杀阎婆惜后去清风寨投奔花荣，途经清风山被捉。化解干戈后，宋江阻止了王英对清风寨知寨刘高妻的不轨行为。元夜观灯，刘高妻恩将仇报，反诬宋江与花荣，引发清风山人马大闹青州，黄信与秦明先后战败归降，清风寨失陷。清风山一派在朝廷大军征剿前舍弃清风山，投奔梁山，之后参与了"江州劫法场""打青州"之战。

三打祝家庄时，王英被扈三娘生擒；而后三娘被林冲擒获，在宋江做主下嫁与王英。曾头市之战晁盖中箭身亡后追随宋江，为梁山的发展壮大做出一定贡献。

## 动物关联

壁虎，名不副实的虎，矮脚虎，宜不算真"虎"也，壁虎四肢不长，合乎矮脚，形如蛤蟆，与天鹅三娘对应，形成"癞蛤蟆想吃天鹅肉"的梗。

一丈青

地慧星

座次◎梁山泊一百单八将排位第五十九

司职◎山寨专掌三军内探事马军二头领之一

## 人物生平

郓州（今山东省菏泽市郓城县）人氏，独龙冈扈家庄扈太公的女儿，原与祝家庄祝彪已定亲。因貌美兼凶悍，江湖人称"一丈青"，善使日月双刀、红棉套索。

宋江二打祝家庄，扈三娘阵前十几回合便活捉了王英，接着勇斗欧鹏与马麟。宋江撤退时独自寻路，被三娘飞马追杀，正要活捉宋江之际，林冲赶到，只几回合，三娘便被林教头生擒，随即连夜被押送上山，交给宋太公看管，众人以为宋江觊觎三娘，皆小心翼翼。

祝家庄终于被攻破，李逵血洗扈家庄，并杀了祝彪。宋太公认三娘作干女儿，随后三娘被宋江作主嫁与"矮脚虎"王英，以还当年在清风山对王英许过的要给他一门亲事的愿。三娘见宋江义气深重，只得答应。

## 动物关联

美丽洁白的天鹅，终究难逃命运的桎梏。英姿飒爽的扈三娘最终落入"蛤蟆"嘴里，悲矣……

扈三娘

座次 ◎ 梁山泊一百单八将排位第六十

司职 ◎ 山寨步军十七将校之一

鲍旭

## 人物生平

寇州（或为今山东省聊城市冠县）人氏，原为枯树山寨主。因相貌凶恶，性格暴戾，江湖人称"丧门神"，惯使阔剑与大板刀。

大名府被梁山军攻破后，朝廷否定了谏议大夫赵鼎招安梁山，为国所用的谏议，派遣蔡京举荐的凌州团练使单廷圭、魏定国再度征讨梁山。朝堂上，百官哂笑。梁山泊正大摆筵席庆祝攻克大名府、救出卢员外之际，探报传来朝廷又调遣了魏定国与单廷圭二位凌州团练使前来征讨。关胜主动请缨说水火二将原是他的旧部，他只需带五千军兵，去凌州半路接住二将劝降即可，劝降不成再捉回山寨，不用其他头领费力劳神。宋江大喜，让宣赞、郝思文陪同关胜前往。吴用担心关胜仍存二心，随后再派林冲、杨志、孙立、黄信几位头领下山监督与接应。李逵也请缨出战，但被宋江否决。李逵闷闷不乐，第二天独自下山去了。宋江心慌，派时迁、乐和等四人分头去寻找。李逵去往凌州官道途中遇到焦挺，发生冲突，李逵厮打不过，焦挺得知李逵身份后拜倒，说他四处投奔无门，正打算再去凌州投奔枯树山强人鲍旭。李逵看焦挺相扑好手段，有意招纳入伙，便说一同去找鲍旭，合伙杀了凌州水火二将后，带他们一起投奔梁山。

枯树山上，鲍旭见到李逵二人后亲如兄弟。次日正商议去打凌州时，小喽啰说，山下有监押陷车队伍到来。三人拦劫，鲍旭手起剑落，杀了领头偏将后，李逵才发现陷车里的是宣赞与郝思文。郝思文劝鲍旭尽起山寨人马一起去打凌州，然后共赴梁山，正中鲍旭下怀。鲍旭尽起山寨人马，同李逵、宣赞、郝思文、焦挺五人一起杀奔凌州，趁关胜在南门外与魏定国守军作战之时，五人攻破北门，入城放起大火，切断了魏定国的归路，随后在关胜的回马枪配合下，众人一起夺取了凌州。

## 动物关联

"地暴星""丧门神"，脑海中立马浮现一个狂暴、嗜杀的形象，狮尾狒的形象够狂、够暴戾、够凶恶。

混世魔王

座次 ◉ 梁山泊一百单八将排位第六十一

司职 ◉ 山寨步军十七将校之一

樊瑞

## 人物生平

濮州（今河南省濮阳市）人氏，幼年学作全真先生，原为芒砀山寨主。惯使一柄流星锤，法术高强，神出鬼没，江湖人称"混世魔王"。

樊瑞结拜了项充与李衮，聚集三千人马，占芒砀山为王。不久，自恃实力不俗，扬言吞并梁山泊。朱贵探得消息，上山报与晁盖、宋江。刚刚上山的史进立功心切，主动请缨率少华山本部人马出战。结果史进、朱武、杨春、陈达被项充与李衮的五百蛮牌队杀退七十里，人马折损一半。花荣与徐宁前来救援，还未交战，宋江又亲率吴用、公孙胜、柴进、朱仝、呼延灼、穆弘、孙立、黄信、吕方、郭盛并三千人马驰援。当晚，公孙胜观青色灯笼，说敌军中必有人会妖法，可用诸葛孔明八卦阵法破敌。

次日，公孙胜布阵，樊瑞虽会法术，但不识阵法，结果项充、李衮被擒，樊瑞逃回山寨。项李二人被宋江把盏劝降后，自愿返回芒砀山寨劝降大哥，樊瑞认为不可逆天行事，最后三人一起入伙梁山，樊瑞拜公孙胜为师。

## 动物关联

混世魔王也是个神神道道的角色，与猫头鹰的气质相符。

地猋星

毛头星

孔明

## 人物生平

青州（今山东省青州市）人氏，原是青州白虎山下孔家庄大少爷，孔亮的哥哥。因鲁莽好斗，江湖人称"毛头星"，借指爱惹祸的灾星，惯使哨棒。

宋江杀阎婆惜后避祸孔家庄，其间收两兄弟为徒。孔太公死后，兄弟俩与本乡财主起纷争后杀其满门，为躲缉拿，聚众落草白虎山。不久后，为救陷入青州牢狱的叔父，兄弟俩率白虎山人马前去劫牢，被呼延灼轻易打败，孔明被擒。孔亮求援武松，鲁智深欲立刻聚集三山人马攻打青州，杨志让孔亮上梁山求宋江一起相助。随后三山人马与梁山人马汇聚，降服呼延灼，大破青州，入伙梁山。

## 动物关联

猋狂二星，牛头梗的脾气怪异，性格好斗，与哥俩一方小霸主的身份不谋而合。

134

独火星

孔亮

## 人物生平

青州（今山东省青州市）人氏，原是青州白虎山下孔家庄二少爷，孔明的弟弟。因性急好斗，一点就着，江湖人称"独火星"，惯使朴刀。

宋江杀阎婆惜后避祸孔家庄，其间收了两兄弟为徒。孔太公死后，兄弟俩与本乡财主起纷争后杀其满门，为躲缉拿，聚众落草白虎山。不久后，为救陷入青州牢狱的叔父，兄弟俩率白虎山人马前去劫牢，被呼延灼轻易打败，孔明被擒。孔亮求援武松，鲁智深欲立刻聚集三山人马攻打青州，杨志让孔亮上梁山求宋江一起相助。随后三山人马与梁山人马汇聚，降服呼延灼，大破青州，入伙梁山。

## 动物关联

猖狂二星，牛头梗的脾气怪异，性格好斗，与哥俩一方小霸主的身份不谋而合。

地飞星

八臂那吒

座次 ◎ 梁山泊一百单八将排位第六十四

司职 ◎ 山寨步军十七将校之一

项充

## 人物生平

徐州沛县（今江苏省徐州市沛县）人氏，原为芒砀山副寨主。善使团牌与飞刀，百步取人，无有不中，熟稔标枪，江湖人称"八臂那吒"。

樊瑞、项充与李衮聚集三千人马，在沛县芒砀山占山为王。自恃兵强马壮，妄图吞并梁山泊。朱贵探得消息后上报，史进主动请战，愿带少华山本部人马出征立功。

少华山四人率部初战项充与李衮，史进险中飞刀，杨春战马中刀，弃马逃走，少华山人马折损一半，残部败退七十里。随即花荣、徐宁前来接应，还未交战，宋江又亲率吴用、公孙胜、柴进、朱仝、呼延灼、穆弘、孙立、黄信、吕方、郭盛并三千人马来到。当晚，公孙胜观青色灯笼，说敌军中必有人会妖法，可用诸葛孔明八卦阵法破敌。

次日，公孙胜布阵施法，大破樊瑞法术，生擒了项充与李衮；随后宋江把盏劝降，项充与李衮归顺。两人返回芒砀山寨诉说宋江义气，于是樊瑞从善如流，率芒砀山人马一起归顺梁山。

## 动物关联

四角山羊四角加手脚，正好八只，对应"八臂那吒"张扬的形象与气质。

138

地走星

飞天大圣

司职◎山寨步军十七将校之一

座次◎梁山泊一百单八将排位第六十五

李衮

## 人物生平

郯县（今江苏省邳州市）人氏，原为芒砀山副寨主。善使标枪与团牌，百步取人，无有不中，剑法精熟，江湖人称"飞天大圣"。

樊瑞、李衮与项充结拜为兄弟，三人聚集几千人马，在沛县芒砀山占山为王。不久，自恃兵强马壮，妄图吞并梁山泊。朱贵探得消息后上报，史进主动请战，愿带少华山本部人马出征立功。史进、朱武、陈达与杨春初战李衮与项充，史进险中飞刀，杨春战马中刀，弃马逃走，少华山人马折损一半，残部败退七十里。随后，梁山第一拨援将花荣、徐宁前来接应，还未及交战，宋江亲率吴用、公孙胜等将领已经杀到。当晚，公孙胜观青色灯笼，说敌军中必有人会妖法，可用诸葛孔明八卦阵法破敌。

次日，公孙胜布阵施法，大破樊瑞法术，生擒了项充与李衮；随后宋江把盏劝降，项充与李衮归顺。两人返回芒砀山寨，诉说宋江义气，于是樊瑞从善如流，率芒砀山人马一起归顺梁山。

## 动物关联

果蝠，大型蝙蝠善飞天，其形象也让人望而生畏，符合李衮的气质。

玉臂匠

地巧星

座次 ◉ 梁山泊一百单八将排位第六十六

司职 ◉ 山寨掌管监造诸事十六头领之一，专管一印兵符印信

金大坚

### 人物生平

济州（今山东省菏泽市巨野县）人氏，原为雕刻匠人。因善于雕刻各种图文印章，江湖人称"玉臂匠"。

宋江因题反诗被打入死牢。江州知府蔡德章让戴宗送信到东京给父亲蔡京，请示宋江生死。戴宗行至梁山被朱贵麻翻搜出书信，方知实情。吴用献计，让戴宗假借泰安州岳庙要写碑文，骗取金大坚与萧让上山，伪造蔡京回信，以救宋江；次日再使王英等人骗得二人家人上山，胁迫二人入伙梁山。

### 动物关联

犰狳，浑身披甲，善挖土攻石，是动物界的"石匠"。

建康府（今江苏省南京市）人氏，原是个小番子闲汉，后与欧鹏、蒋敬、陶宗旺几人一起落草黄门山。善使双滚刀，能吹双铁笛，相貌奇特，江湖人称"铁笛仙"。

宋江被黄文炳构陷题反诗后被判问斩，马麟等四人久慕及时雨大名，闻讯后欲前往江州劫牢，但尚未动身宋江与戴宗已被晁盖等梁山人马劫了法场救出。接着，宋江大闹无为军，杀了黄文炳雪恨后与晁盖同上梁山，途经黄门山时，被马麟等四人迎候上山盘桓，宋江趁机邀请四人一起上山聚义，四人烧毁山寨后，同上梁山。

## 动物关联

藏羚羊，风流聪明，仙气十足，符合"铁笛仙"的气质，且马麟与马"羚"音相近。

出洞蛟

地进星

童威

## 人物生平

江州（今江西省九江市）人氏，原为浔阳江边人，童猛的哥哥，兄弟俩投身李俊，平日一起贩卖私盐为生。水性极好，能在大江中伏水、驾船，江湖人称"出洞蛟"，惯使鱼叉。

宋江被发配江州，途经揭阳岭，于李立酒店歇脚时被李立麻翻，危急关头童威、童猛与李俊赶到，救下宋江。离开揭阳岭，宋江在揭阳镇遭遇穆弘兄弟与张横的打劫，童威兄弟及李俊又及时赶到化解危难，揭阳镇群雄就此结识宋江。之后参加了"江州劫法场""白龙庙聚义""攻打无为军"，活捉黄文炳为宋江报仇后，大队人马齐上梁山。

## 动物关联

黄金猛鱼，游速极快，性格凶猛，与威猛兄弟水军豪杰的身份十分相符。

地退星

翻江蜃

座次 ◎ 梁山泊一百单八将排位第六十九

司职 ◎ 四寨水军八头领之一

童猛

## 人物生平

江州（今江西省九江市）人氏，原为浔阳江边人，童威的弟弟，兄弟俩投身李俊，平日一起贩卖私盐为生。因水性极好，能在大江中伏水、驾船，江湖人称"翻江蜃"，惯使鱼叉。

宋江发配江州途经揭阳岭，于李立酒店歇脚时被李立麻翻，危急关头童威、童猛与李俊赶到，救下宋江。离开揭阳岭，宋江在揭阳镇遭遇穆弘兄弟与张横的打劫，童猛兄弟及李俊又及时赶到化解危难，揭阳镇群雄就此结识宋江。之后参加了"江州劫法场""白龙庙聚义""攻打无为军"，活捉黄文炳为宋江报仇后，大队人马齐上梁山。

## 动物关联

黄金猛鱼，游速极快，性格凶猛，与威猛兄弟水军豪杰的身份十分相符。

玉幡竿

座次 ◎ 梁山泊一百单八将排位第七十

司职 ◎ 山寨掌管监造诸事十六头领之一，专管监造大小船只

孟康

## 人物生平

真定州（今河北省石家庄市正定县）人氏，原是造船匠人，奉命监造花石纲大船时，因不满催逼责罚，杀了提调官，弃家逃亡江湖。后与邓飞一起落草饮马川。因身材修长，肤色白净，江湖人称"玉幡竿"。戴宗与杨林去蓟州寻找公孙胜时路过饮马川，恰遇孟康与邓飞下山劫道，杨林与邓飞原是故交，戴宗趁机招纳了饮马川"三杰"入伙梁山。

## 动物关联

"玉幡竿"孟康，身材高大，皮肤白细，在水中就像一条海豚。

通臂猿

座次 ◎ 梁山泊一百单八将排位第七十一

司职 ◎ 山寨掌管监造诸事十六头领之一，专管一应旌旗袍袄

侯健

## 人物生平

洪都（今江西省南昌市）人氏，原是荆湖第一裁缝，亦爱好习武，曾拜薛永为师。因生得黑瘦轻捷，江湖人称"通臂猿"。

宋江被黄文炳构陷题反诗被判问斩，晁盖等梁山人马劫了江州法场救出宋江与戴宗后，宋江誓要立刻攻打无为军，杀了黄文炳，雪心中无穷之恨，薛永说他熟悉无为军一带地形，愿意先行前往打探。

五日后，薛永带回城里偶遇的正在黄文炳家里做衣服的侯健；在薛永与侯健的详细情报下，宋江精心策划，侯健卧底，一举攻下无为军。李俊与张顺在江上活捉了黄文炳，李逵凌迟炙烤了黄文炳，随后大队人马共赴梁山。

## 动物关联

单从外表描写黑瘦轻捷，就能想到一只长臂猿，何况绰号和名字组合就是"猿猴"。

152

地周星

跳涧虎

座次 ◎ 梁山泊一百单八将排位第七十二

司职 ◎ 山寨马军小彪将兼远探出哨头领十六员之一

陈达

## 人物生平

邺城（今河北省邯郸市临漳县）人氏，原为少华山二寨主。因膂力过人，江湖人称"跳涧虎"，惯使一杆出白点钢枪。

累受官司逼迫后，陈达与朱武、杨春聚集几百个小喽啰，一同落草少华山；后被官府悬赏捉拿。因山寨欠缺钱粮，陈达出马去华阴县抢粮，被史进活捉；朱武与杨春用苦肉计打动史进，释放陈达并与三人结为密友。中秋之夜，四人于史家庄赏月，遭奸人举报后被围捕，四人杀退官兵，烧毁史家庄；之后不久，史进入伙少华山。大闹华州后，少华山一派归依梁山。

## 动物关联

袋鼠发达的后腿肌肉、卓越的跳跃能力，都对应着跳涧，可惜跳涧虎变成了"跳涧鼠"。

地隐星

白花蛇

座次◎梁山泊一百单八将排位第七十三

司职◎山寨马军小彪将兼远探出哨头领十六员之一

# 杨春

## 人物生平

蒲州解良（今山西省运城市）人氏，原为少华山三寨主。因生得臂瘦腰长，江湖人称"白花蛇"，惯使一把大杆刀。

累受官司逼迫后，杨春与朱武、陈达聚集几百个小喽啰，一同落草少华山；后被官府悬赏捉拿。陈达不听劝告，去华阴县抢粮，被史进活捉；朱武建议用苦肉计前去相救，果然打动史进释放了陈达，并与三人结为密友。中秋之夜，四人于史家庄赏月，遭奸人举报后被围捕，四人杀退官兵，烧毁史家庄；之后不久，史进入伙少华山。大闹华州后，少华山一派同投梁山。

## 动物关联

原著描写腰长臂瘦的白花蛇，这样的绰号选择别的动物都感觉不合适了。

白面郎君

座次◎梁山泊一百单八将排位第七十四

司职◎山寨步军十七将校之一

郑天寿

## 人物生平

苏州（今江苏省苏州市）人氏，原为银匠。因生得白净俊俏，身材修长，江湖人称"白面郎君"，惯使一柄吴钩剑。因好习枪棒，浪迹江湖，途经清风山遇王英，大战五六十回合不分胜败，之后落草清风山，做了三寨主。

宋江避祸去清风寨投奔花荣，途经清风山被捉，化解干戈后，宋江阻止了王英对清风寨知寨刘高妻的不轨行为。元夜观灯，刘高妻恩将仇报，反诬宋江与花荣，引发清风山人马大闹青州，黄信与秦明先后战败归降，清风寨失陷。清风山一派在朝廷大军征剿前舍弃清风山，投奔梁山，之后参与了"江州劫法场""打青州"之战。

## 动物关联

白净俊俏的羊驼应该可称动物界的"白面郎君"吧。

九尾龟

座次 ◎ 梁山泊一百单八将排位七十五

司职 ◎ 山寨掌管监造诸事十六头领之一，专管建筑一应城垣

陶宗旺

## 人物生平

光州（今河南省信阳市潢川县）人氏，原为农户，后与蒋敬、马麟、欧鹏三人一起落草黄门山。因力大勇猛，惯使铁锹，善弄枪刀，江湖人称"九尾龟"。

宋江被黄文炳构陷题反诗后被判问斩，陶宗旺等四人久慕及时雨大名，闻讯后欲前往江州劫牢，但尚未动身宋江与戴宗已被晁盖等梁山人马劫了法场救出。

接着，宋江大闹无为军，杀了黄文炳雪恨后与晁盖同上梁山，途经黄门山时，被陶宗旺等四人迎候上山盘桓，宋江趁机邀请四人一起上山聚义，四人烧毁山寨后，同上梁山。

## 动物关联

九尾龟，和白花蛇一样，这样的外号用别的动物都不合适。巨大的象龟，也符合其特点。

铁扇子

地俊星

座次 ◉ 梁山泊一百单八将排位第七十六

司职 ◉ 山寨掌管建造诸事十六头领之一

宋清

## 人物生平

郓城县（今山东省菏泽市郓城县）人氏，宋江之弟，原宋家村小地主。"铁扇子"绰号无实质含义。

宋江怒杀阎婆惜后，宋清陪伴宋江流亡江湖，后与宋江一同落草梁山。招安后，随宋江南征北战，一直司职掌管筵席等事务。征方腊后，受封武奕郎。宋江被害后，返乡务农，终老一生。

## 动物关联

哥哥的代表动物是狗，弟弟自然不能是别的动物，为区别，换一条大黄狗吧。

162

地乐星

## 铁叫子

座次 ◎ 梁山泊一百单八将排位第七十七

司职 ◎ 山寨军中走报机密步军四头领之一

# 乐和

### 人物生平

茅州（今山东省昌邑市）人氏，登州兵马提辖孙立的妻舅，原为登州府押狱小牢子。因通晓诸般乐品，擅于歌唱，又心地玲珑，行事机敏，江湖人称"铁叫子"。

解珍、解宝兄弟猎得的大虎被毛太公父子据为己有后，两人又进一步被加害入狱。乐和通风报信与顾大嫂，顾大嫂当即决定不顾一切营救两个表弟。随后，孙新联络了登云山邹渊、邹润叔侄，顾大嫂又以苦肉计骗得孙立前来，倒逼孙立加入劫牢。

劫牢成功后，众人血洗了毛家庄，随后星夜奔赴梁山。两日后，在石勇酒店里，闻听梁山人马二打祝家庄落败，恰好孙立与祝家庄教师栾廷玉师出同门，于是献上反间计，以作进身之阶；随后，登州八人成功协助宋江大破祝家庄。

### 动物关联

画眉鸟的叫声悦耳动听，其鸣声富于变化，常被人们称赞为天籁，这样的灵鸟和梁山歌唱家的气质很符合。

地捷星

## 花项虎

座次 ◎ 梁山泊一百单八将排位第七十八位

司职 ◎ 山寨步军十七将校之一

龚旺

### 人物生平

东昌府（今山东省聊城市）人氏，原为东昌府守将董平的副将。脖颈上刺虎头，身体上刺虎斑，善于马上使用飞枪，人称"花项虎"。

宋江与卢俊义抓阄攻打东平府与东昌府，约定先破城池者为梁山泊主。宋江拈着东平府，卢俊义拈着东昌府。随后二人各领大小头领二十五员，马步军兵一万，水军头领三员，于三月初一下山。卢俊义提兵到达东昌府，一连十天张清并不出城迎敌。首战交锋，郝思文几个回合便被张清用飞石击伤。次日，樊瑞领项充、李衮出战，丁得孙用飞叉击中项充。连输两阵后，卢俊义忌惮，差白胜去向宋江求救，此时宋江已先取得东平府。

宋江援军到达东昌府，张清带龚旺、丁得孙出城搦战，张清接连用飞石打伤十三名梁山头领后，双方陷入混战僵持。龚旺将飞枪摽向冲来的林冲与花荣，落空后被林冲与花荣活捉。其间龚旺与丁得孙大战索超数回合不分胜负。张清中计，被"三阮"生擒后归顺梁山，随后龚旺与丁得孙在宋江的好言劝慰下亦归顺。

### 动物关联

薮猫，脖颈修长的中型猫科动物，皮毛漂亮，堪称花项，与"花项虎"这个称号相符。

地速星

中箭虎

座次 ◉ 梁山泊一百单八将排位第七十九

司职 ◉ 山寨步军十七将校之一

丁得孙

## 人物生平

东昌府（今山东省聊城市）人氏，原为东昌府守将董平的副将。面颊连项都有疤痕，善会马上使用飞叉，人称"中箭虎"。

宋江与卢俊义抓阄攻打东平府与东昌府，约定先破城池者为梁山泊主。宋江拈着东平府，卢俊义拈着东昌府。随后二人各领大小头领二十五员，马步军兵一万，水军头领三员，于三月初一下山。卢俊义提兵到达东昌府，一连十天张清并不出城迎敌。首战交锋，郝思文几个回合便被张清用飞石击伤。次日，樊瑞领项充、李衮出战，丁得孙用飞叉击中项充。连输两阵后，卢俊义忌惮，差白胜去向宋江求救，此时宋江已先取得东平府。

宋江援军到达东昌府，张清带丁得孙、龚旺出城搦战，张清接连用飞石打伤十三名梁山头领后，双方陷入混战僵持。最后，张清生擒刘唐，龚旺丢失武器被林冲与花荣活捉；丁得孙死战吕方、郭盛时，燕青用弩射中丁得孙的马蹄，战马倒地后被生擒。其间，丁得孙与龚旺大战索超。张清中计，被"三阮"生擒后，归顺梁山，随后，丁得孙与龚旺在宋江好言劝慰下亦归顺。

## 动物关联

中箭之虎，必要拼命厮杀，好似勇猛无畏的"平头哥"，蜜獾不怕蛇，丁得孙最终死于毒蛇，却不荒诞。

小遮拦

座次 ○ 梁山泊一百单八将排位第八十

司职 ○ 山寨步军十七将校之一

穆春

### 人物生平

江州（今江西省九江市）人氏，原为揭阳镇富户，穆家庄二少爷，与哥哥穆弘为揭阳"三霸"之一。因哥哥绰号"没遮拦"，故江湖人称"小遮拦"，惯使朴刀。

穆氏兄弟在揭阳镇横行霸道，如有外来者想在镇上谋生，必须先到穆家庄拜谒。宋江刺配江州路过揭阳镇，恰遇薛永在街头卖艺，薛永未曾拜谒，故无人敢打赏。不知情的宋江赏银五两给薛永，惹怒穆春，出手教训宋江，反被薛永揎倒。宋江走后穆春带人捉住薛永痛打并关押起来。

宋江傍晚投宿，无人收留，深夜误投穆家庄，发现后仓皇逃走，穆氏兄弟带人追赶，宋江逃至浔阳江边，又上张横的黑船。

在李俊的介绍下，穆氏兄弟及张横和宋江化敌为友，随后放了薛永并留其在穆家庄。此后，穆氏兄弟随揭阳镇群雄参加了"江州劫法场""白龙庙小聚义""攻打无为军"；破无为军时，穆氏兄弟提供了攻城所需的主要物资及人手，之后烧掉庄园，携带家小，随宋江入伙梁山。

### 动物关联

鬣狗，在大众心中拥有坏名声的草原一霸，外表就非常具有恶霸气质，非常对应穆氏兄弟兄揭阳"一霸"的身份。

操刀鬼

地稸星

座次 ◎ 梁山泊一百单八将排位第八十一

司职 ◎ 山寨掌管监造诸事十六头领之一

曹正

## 人物生平

东京（今河南省开封市）人氏，原为屠户。因替财主到山东做生意，血本无归，返乡无望，遂入赘本地人家，经营酒家为生。因世代屠户，江湖人称"操刀鬼"，惯使解牛刀。

杨志丢失生辰纲后流落江湖，在青州曹正酒店吃完饭后，无钱结账，两人产生干戈。化敌为友后，曹正建议杨志上二龙山入伙。杨志上山途中恰逢入伙被拒的鲁智深，两人在曹正的计策下，杀死邓龙，占领二龙山；之后，曹正亦追随入伙。

## 动物关联

马来熊看其外表就鬼气森森，常有一种"恐怖谷效应"。比较符合"操刀鬼"的形象。

地魔星

座次 ◎ 梁山泊一百单八将排位第八十二

司职 ◎ 山寨步军十七将校之一

云里金刚

宋万

## 人物生平

济州（今山东省菏泽市巨野县）人氏，早年便与王伦、杜迁、朱贵一同聚集几百个小喽啰落草梁山，为梁山开山元老之一。因身材高大魁伟，颇有力气，江湖人称"云里金刚"，惯使一把金刚剑。

协同支持林冲火并王伦后，推晁盖为寨主，晁盖阵亡后追随宋江，为梁山的发展壮大做出一定贡献。

## 动物关联

一来，大猩猩身强体壮，与宋万身体魁梧相符，二来受现在的电影影响，提起"金刚"就先想起大猩猩的形象来。

摸着天

地妖星

座次 ◎ 梁山泊一百单八将排位第八十三

司职 ◎ 山寨步军十七将校之一

## 杜迁

### 人物生平

济州（今山东省菏泽市巨野县）人氏，早年曾投奔过柴进，后与王伦、宋万、朱贵一同落草梁山，为梁山开山元老之一。因身材高大，江湖人称"摸着天"，武艺平常。

协同支持林冲火并王伦后，推晁盖为寨主，晁盖阵亡后追随宋江，为梁山的发展壮大做出一定贡献。

### 动物关联

"摸着天"，极言其高，陆地上最高的动物非长颈鹿莫属，不过，好像不是摸着天，而是顶着天了。

座次◎梁山泊一百单八将排位第八十四

司职◎山寨步军十七将校之一

## 病大虫

地幽星

# 薛永

### 人物生平

洛阳（今河南省洛阳市）人氏，原为军旅之家出身，家道中落后流落江湖，使枪弄棒、卖药为生，又是侯健的师父。因出身正派，加之武艺不凡，故江湖人称"病大虫"，惯使枪棒。

薛永流落至揭阳镇卖艺，因未拜山头，穆弘兄弟吩咐任何人不得打赏，围观的宋江不知内情，赏了五两银子。在场的穆春欲出手教训宋江，反被薛永摔倒；宋江走后，穆春率领人马将薛永捉走痛打关押。穆弘兄弟连夜追赶宋江至浔阳江边，宋江误上张横的黑船，千钧一发之际，李俊出现，再次救下宋江。冰释前嫌后薛永留在了穆家庄，而后随揭阳岭群雄参加了"江州劫法场""白龙庙小聚义""攻打无为军"。打无为军时，薛永将侯健引荐给宋江，并潜入黄家放火立功。

### 动物关联

非洲野犬，其黑脸总给人一种病恹恹的落魄之感，像一个走江湖的艺人，与薛永原来的身份对应。

金眼彪

地伏星

座次 ◎ 梁山泊一百单八将排位第八十五

司职 ◎ 山寨步军十七将校之一

施恩

## 人物生平

孟州（今河南省焦作市孟州市）人氏，为孟州牢城营管营之子，别称"小管营"，于孟州经营酒家，后被蒋门神霸占。因身形健壮威猛，面有异相，江湖人称"金眼彪"，惯使朴刀。

武松刺配孟州后，施恩有意照顾，如此多日后，武松为报恩，帮其打走蒋门神，夺回酒家。之后不久，武松"血溅鸳鸯楼"，怒杀蒋门神与张都监满门。施恩受连带，逃亡江湖，其间父母亡故；打听到武松在二龙山落草后，投奔武松而去。三山聚义打青州后，同投梁山。

## 动物关联

小浣熊，其黑眼圈就像被揍得淤青一样，总让人想到施恩被蒋门神暴打之后的形象。

地僻星

打虎将

座次 ◎ 梁山泊一百单八将排位第八十六

司职 ◎ 山寨步军十七将校之一

李忠

## 人物生平

濠州定远（今安徽省滁州市凤阳县）人氏，本为江湖卖艺人，史进练武的启蒙人。因祖上旁系"射虎飞将军"李广，江湖人称"打虎将"，惯使枪棒。

在渭州卷入鲁提辖打死镇关西一案后，李忠避祸路过青州桃花山，遭遇周通剪径，打败周通后落草桃花山，坐了头把交椅。呼延灼被梁山大破连环马之后，只身逃往青州，路过桃花山，被盗走了踢雪乌骓马。青州知府借给呼延灼两千兵马，令其先打桃花山，之后再打二龙山与白虎山。李忠与周通不敌，写信向二龙山求救。鲁智深、杨志、武松三人带人马前往桃花山救援，首日不分胜败，准备次日再战时，呼延灼被连夜召回，以防备白虎山人马劫牢。劫牢失败，孔亮求武松相救，鲁智深欲聚集三山人马立刻攻城，杨志认为实力不够，让孔亮去梁山求助宋江。随后三山人马与梁山人马汇聚，降服呼延灼，大破青州，入伙梁山。

## 动物关联

桃花山寨主，爱桃者非猕猴莫属，再者其名不副实的绰号应了一句"山中无老虎，猴子称大王"。

182

地空星

小霸王

座次◎梁山泊一百单八将排位第八十七

司职◎山寨马军小彪将兼远探出哨头领十六员之一

# 周通

## 人物生平

青州（今山东省青州市）人氏，早先在青州市桃花山占山为王，本为地方恶霸。因外形酷似楚霸王项羽，江湖人称"小霸王"，惯使长枪。

李忠避祸途经桃花山，周通剪径不敌后让出山寨头把交椅。不久，因强娶桃花村刘太公的女儿，被恰好投宿刘家庄的鲁智深假扮新娘痛打。呼延灼被梁山大破连环马之后，只身逃往青州，路过桃花山，被盗走了踢雪乌骓马。青州知府借给呼延灼两千兵马，令其先打桃花山，之后再打二龙山与白虎山。周通与李忠不敌，写信向二龙山求救。鲁智深、杨志、武松三人带人马前往桃花山救援，首日不分胜败，准备次日再战时，呼延灼被连夜召回，防备白虎山人马劫牢。劫牢失败，孔亮求武松相救，鲁智深欲聚集三山人马立刻攻城，杨志认为实力不够，让孔亮去梁山求助宋江。随后三山人马与梁山人马汇聚，降服呼延灼，大破青州，入伙梁山。

## 动物关联

倭黑猩猩，相当"好色"的动物，与小霸王出场强抢民女的恶霸形象对应。

金钱豹子

座次 ◎ 梁山泊一百单八将排位第八十八

司职 ◎ 山寨掌管监造诸事十六头领之一，专管监督打造一应军器铁甲

汤隆

## 人物生平

延安府（今陕西省延安市）人氏。打造军器铁匠世家出身，原延安府知寨之子，徐宁的舅姑表弟。父亲在任亡故后，因贪赌流落江湖。嗜好枪棒，打铁导致浑身麻点，故江湖人称"金钱豹子"。

因高廉妖法诡谲，高唐州久战不下，吴用说，如果没有公孙胜，高唐州就永远无法攻破。宋江遂令戴宗前往蓟州寻找公孙胜，李逵自告奋勇同往。曲折寻得公孙胜后，返程途经武冈镇，李逵买枣糕时偶遇汤隆在路边耍锤，李逵观之不屑，上前卖弄一番，汤隆折服后带李逵回家，李逵见汤隆家中俱是打铁器具，认为正是梁山需要的人才，遂亮明身份，招纳入伙，汤隆求之不得，即拜李逵为兄，同往梁山。随后，入云龙斗法破高廉，梁山军攻陷高唐州。

呼延灼奉命讨伐梁山，摆"铁甲连环马"阵大败梁山军。汤隆说，除非他的祖传武器钩镰枪与表兄徐宁祖传的钩镰枪法方能破解"连环马"阵，并献上"赚取"徐宁上山的方法——盗取徐宁传家宝雁翎圈金甲。于是，时迁盗甲，徐宁上山入伙，梁山军"大破连环马"阵，击败呼延灼。

## 动物关联

汤隆浑身麻点，又被称为"金钱豹子"，那代表动物就非金钱豹莫属了。

## 鬼脸儿

地全星

# 杜兴

### 人物生平

中山府（今河北省定州市）人氏，原为买卖人，曾于蓟州府做买卖时冲动打死同伙客人而收监，后因同好枪棒，得到蓟州府两院押狱杨雄的垂青而获救。因生得眼鲜耳大，貌丑形粗，江湖人称"鬼脸儿"。

杜兴得杨雄相救后离开蓟州，碰到了独龙岗李家庄庄主李应。因知恩图报，刚柔并济，心细如发而得到了李应的欣赏与信任，委任其为李家庄总管，每日拨千论万，全部托付与他，从不过问。杨雄与石秀从祝家庄逃出后偶遇杜兴，杜兴立刻请求李应帮助索要时迁。然而两次书信，祝家庄皆无视从前盟约，拒不放人，祝彪还射伤了李应。

宋江一打祝家庄失利，前往李家庄请李应配合一起围攻，李应不想与梁山交往而托病婉拒。但杜兴献计，详述了独龙岗军事地形与攻防要害，有力地帮助了梁山攻克祝家庄。打下祝家庄后，宋江让萧让等伪装成知府官兵，抓捕了李应与杜兴，罪名是勾结梁山强寇攻打祝家庄。随后又把李应的家小与财产全部带上梁山，并烧毁李家庄。李应与杜兴断了退路，遂落草梁山。

### 动物关联

大马士革山羊，确实长得像鬼一样，属于看见了就会吓人一跳的动物，很符合杜兴形象气质。

出林龙

地短星

座次 ◎ 梁山泊一百单八将排位第九十

司职 ◎ 山寨步军十七将校之一

邹渊

## 人物生平

莱州（今山东省莱州市）人氏，原为江湖闲汉，后聚众登云山打劫，从小嗜赌，与孙新至交。慷慨义气，但气性大，不肯容人，江湖人称"出林龙"，惯使折腰飞虎棒。

孙新求邹渊叔侄相帮，一起去劫登州死牢，以救顾大嫂被陷害的两位表弟解珍、解宝，邹渊带着邹润立刻加入，并建议事成之后去梁山入伙，那里已有他的旧识杨林、邓飞与石勇。劫牢事成后，叔侄俩又与孙立一起帮助解氏兄弟血洗了毛家庄，随后八人一起星夜奔赴梁山。

两日后，在石勇酒店里，闻听宋江二打祝家庄失利，孙立正巧与祝家庄教师栾廷玉师出同门，便献上卧底破庄之策，以作进身之阶。在八人配合下，祝家庄终于被攻破，登州一派顺利入伙梁山。

## 动物关联

绿鬣蜥，喜欢生活在丛林中的大型蜥蜴，貌似西方龙，也算和"龙"有点渊源吧。

座次◎梁山泊一百单八将排位第九十一

司职◎山寨步军十七将校之一

独角龙

地角星

邹润

## 人物生平

莱州（今山东省莱州市）人氏，邹渊的侄儿，身材高大，年纪与叔叔相仿，随叔叔在登州登云山聚众为寇，嗜赌，与孙新、顾大嫂夫妇交往密切。因脑后长一肉瘤，天生一等异相，与人争斗性起，必拿头撞，曾撞折松树，江湖人称"独角龙"。

孙新求邹润叔侄相帮一起去劫登州死牢，以救顾大嫂被陷害的两位表弟解珍、解宝，邹润随邹渊立刻加入，邹渊建议事成之后去梁山入伙，那里已有他的旧识杨林、邓飞与石勇。随后劫牢事成；邹润叔侄又与孙立一起帮助解氏兄弟血洗了毛家庄，然后八人一起奔赴梁山。两日后，在石勇酒店里，闻听宋江二打祝家庄失利，孙立正巧与祝家庄教师栾廷玉师出同门，便献上卧底破庄之策，以作进身之阶。在八人的配合下，祝家庄终于被攻破，登州一派顺利入伙梁山。

## 动物关联

犀牛鬣蜥，头上长的大包就像邹渊脑后的独角。

座次 ◎ 梁山泊一百单八将排位第九十二

司职 ◎ 山寨四店打听消息、邀接来宾八头领之一，主管南山酒店

地囚星

旱地忽律

朱贵

## 人物生平

沂州沂水县（今山东省临沂市沂水县）人氏，朱富哥哥，早年曾为生意人，后与王伦、宋万、杜迁一同落草梁山，为梁山开山元老之一。因职业原因，善于伪装，江湖人称"旱地忽律"，惯使一张鹊画弓。

早期在李家道口开酒店，实为打探消息的情报站，是初期外界与梁山联系沟通的唯一桥梁。带头支持林冲火并王伦后推晁盖为寨主，晁盖阵亡后追随宋江，为梁山的发展壮大做出重要贡献。

## 动物关联

"旱地忽律"，本意即是鳄鱼，长吻鳄是一种警戒心非常强的鳄鱼，也符合朱贵打听消息的头领身份。

## 笑面虎

地藏星

座次 ⊙ 梁山泊一百单八将排位第九十三

司职 ⊙ 山寨掌管监造诸事十六头领之一，专管监造供应一切酒醋

# 朱富

## 人物生平

沂州沂水县（今山东省临沂市沂水县）人氏，原为沂水县城西门外酒店老板，喜好枪棒，曾拜李云为师习武，是朱贵的弟弟、李逵的同乡。为人和善，有情有义，江湖人称"笑面虎"。

李逵下山接老母，宋江约法三章，但依然不能放心，遂派同乡朱贵暗中相随照应。李逵在沂水县城西门看到通缉自己与宋江、戴宗的榜文，正要发作时，被朱贵拖走至朱贵的酒店，警告他小心从事，尽快接老母上山。随后李逵先杀了剪径冒充他的李鬼，后于沂岭杀了吃掉母亲的子母四虎；不料，在岭下曹太公庄上庆功时被李鬼的老婆认出，曹太公用计灌醉李逵后，绑了李逵飞报县衙请功，沂水县衙都头李云奉命前往押解李逵。

朱贵与朱富商量解救李逵，事后同上梁山。兄弟俩四更天在道旁用酒肉麻翻李云及随从士兵，救出李逵，李逵杀了曹太公与李鬼的老婆后，再欲杀了酒醒后追来的李云，被朱富阻止。在朱富的动情劝说下，已无退路同时亦无家小累赘的李云一起上了梁山。上山后，朱富先与穆春一起负责山寨钱粮，后跟宋清一起负责酒宴，最后负责监造一应酒醋。

## 动物关联

和其兄朱贵一样都是鳄鱼，为示区别，选了短吻鳄，而且短吻鳄弧形的嘴部轮廓也似面带笑意，是为"笑面"。

196

铁臂膊

地平星

座次 ◎ 梁山泊一百单八将排位第九十四

司职 ◎ 山寨专掌行刑二刽子之一

蔡福

## 人物生平

北京大名府（今河北省邯郸市大名县）人氏，大名府两院押狱兼充行刑刽子，蔡庆的哥哥。因行刑本领高强，江湖人称"铁臂膊"。

李固从梁山回到大名府，立刻与贾氏一起诬告卢俊义勾结梁山匪寇。卢俊义回到大名府后马上被围捕，随即屈打成招，被打入大名府死牢。李固找到蔡福，行贿五十两金，当夜要结果卢俊义性命，蔡福最后讹诈了五百两，答应行事。蔡福回到家中，梁山泊"小旋风"柴进找上门来，用一千两金拜托蔡福留得卢员外性命，如有差池，兵临城下，杀无赦。蔡福举棋不定，回到牢里与弟弟蔡庆商量，蔡庆说梁中书、张孔目都是好利之徒，我们用这些金子打通关节，周全卢俊义性命，判个刺配，到时候能不能救他脱身，自有梁山好汉，就不关我们兄弟的事了。蔡福同意蔡庆的意见，让蔡庆对卢员外传递消息，早晚多加照顾。

李固再次买通董超、薛霸于刺配途中结果卢俊义性命，不料动手之时被燕青反杀。燕青驮着主人逃往梁山泊之时，卢员外不幸再次被抓。大名府市曹午时三刻问斩，蔡福、蔡庆执刑，蔡庆对卢俊义说："卢员外，不是我们不救你，不要怪我们"，举刀之际，石秀从天而降，劫走卢俊义，但因寡不敌众兼不熟悉大名府地形，二人很快被抓。卢员外第三次进入大名府死牢，蔡福兄弟每日好酒好肉照顾。梁中书与新任太守忌惮梁山好汉，不敢马上再斩卢俊义与石秀，令蔡福兄弟二人宽严并济，休要急慢，正中蔡福兄弟下怀。

元宵夜三打大名府，柴进与乐和再次到蔡福家里，表示想入牢看望卢员外二人。蔡福忌惮，只能担着血海干系带二人乔装进入大牢。随后城破，柴进带着蔡福兄弟回家保护老小，同上梁山，蔡福请求柴进网开一面，不要滥杀。上山后专司行刑刽子。

## 动物关联

海象，身躯庞大，獠牙外露，面目唬人，如同一名强壮的刽子手，让人望而生畏。

## 人物生平

北京大名府（今河北省邯郸市大名县）人氏，大名府押狱兼充行刑刽子，蔡福的弟弟。因生来爱戴一枝花，江湖人称"一枝花"。

李固从梁山回到大名府，立刻与贾氏一起诬告卢俊义勾结梁山匪寇。卢俊义回到大名府后马上被围捕，随即屈打成招，被打入大名府死牢。

李固找到蔡庆哥哥蔡福，行贿五十两金欲当夜结果卢俊义性命，蔡福最后讹诈了五百两，答应行事。蔡福回到家中，梁山泊"小旋风"柴进找上门来，用一千两金拜托蔡福留得卢员外性命，如有差池，兵临城下，杀无赦。蔡福举棋不定，回到牢里与蔡庆商量，蔡庆说梁中书、张孔目都是好利之徒，我们用这些金子打通关节，周全卢俊义性命，判个刺配，到时候能不能救他脱身，自有梁山好汉，就不关我们兄弟的事了。蔡福同意蔡庆的意见，让蔡庆对卢员外传递消息，早晚多加照顾。

李固再次买通董超、薛霸于刺配途中结果卢俊义性命，但董薛动手之时被燕青反杀。燕青驮着卢俊义逃往梁山泊之时，员外不幸再次被抓。大名府市曹午时三刻问斩，蔡福、蔡庆执刑，蔡庆对卢俊义说："卢员外，不是我们不救你，不要怪我们"，举刀之际，石秀从天而降，劫走卢俊义，但因寡不敌众兼不熟悉大名府地形，二人很快被抓。卢员外第三次进入大名府死牢，蔡庆兄弟每日好酒好肉照顾。梁中书与新任太守忌惮梁山好汉，不敢马上再斩卢俊义与石秀，令蔡庆兄弟二人宽严并济，休要急慢，正中蔡庆兄弟下怀。

元宵夜三打大名府，柴进与乐和再次到蔡福家里，表示想入牢看望卢员外二人。蔡福忌惮，只能担着血海干系带二人乔装进入大牢。随后城破，柴进带着蔡庆兄弟回家保护老小，同上梁山，蔡福请求柴进网开一面，不要滥杀。上山后，蔡庆兄弟专司行刑刽子。

## 动物关联

海象，身躯庞大，獠牙外露，面目唬人，如同一名强壮的刽子手，让人望而生畏。

地奴星

催命判官

座次 ◎ 梁山泊一百单八将排位第九十六

司职 ◎ 山寨四店打听消息、邀接来宾八头领之一

李立

## 人物生平

江州揭阳镇（今江西省九江市）人氏，原在揭阳岭开黑店为生，与混江龙李俊同霸揭阳岭。因在酒店常用蒙汗药麻翻客人，继而谋财害命，江湖人称"催命判官"，惯使朴刀。

李立、李俊与揭阳镇的穆弘兄弟、浔阳江张横兄弟合称揭阳"三霸"。宋江刺配江州途经揭阳岭，在李立的店里歇脚，被李立麻翻，幸亏及时赶来的李俊相救脱险，众人就此结识。而后宋江在浔阳楼醉题反诗遭黄文炳告发，与戴宗同判斩首，江州斩首之日梁山泊十七位头领劫了法场。其时李立、李俊、张横兄弟与穆弘兄弟等九人也正要赶往相救，却在江边白龙庙与已经得救的宋江等人相遇。一行二十九人白龙庙小聚义，大闹无为军后，李立等众人随宋江入伙梁山。

## 动物关联

"催命判官"，判官在传统文化中一般描绘成凶神恶煞、青面獠牙的形象，青面獠牙是什么样呢？看鹿豚吧。

202

座次 ◎ 梁山泊一百单八将排位第九十七

司职 ◎ 山寨掌管监造诸事十六头领之一 · 专管起造修葺房舍

地察星

青眼虎

李云

## 人物生平

沂州沂水县（今山东省临沂市沂水县）人氏，原为沂水县衙都头，武艺不俗，三五十人近身不得，曾收朱富为徒，教习枪械。因碧眼赤须，江湖人称"青眼虎"。

李逵回乡接母上山，先杀了剪径冒充他的李鬼，后于沂岭杀了吃掉老娘的子母四虎；不料在岭下曹太公庄上庆功时，被李鬼的老婆认出，曹太公用计灌醉李逵后，绑了李逵，飞报县衙请功，知县命都头李云前往押解李逵。

奉宋江令下山盯着李逵的朱贵只得找兄弟朱富商量解救李逵，兄弟情深，朱富当下答应用计解救李逵，事后同上梁山。次日四更天，二人在道旁用酒肉麻翻李云及随从士兵后救出李逵，李逵杀了曹太公与李鬼的老婆后再欲杀了酒醒后追来的李云，两人大战五七个回合，不分胜败。

在朱富的动情劝说下，李云思量已无退路，又庆幸自己尚无家小，便跟随朱富兄弟一起上了梁山。随后领命监造梁山泊一应房舍厅堂。大破连环马时，李云扮作客商，到东京购买烟火药料。三败高俅时，李云随水军作战，并与汤隆、杜兴共斩长史王瑾、船匠叶春。

## 动物关联

兔狲，其大眼睛非常引人注目，与虎同属猫科动物，故选之。

204

没面目

焦挺

## 人物生平

中山府（今河北省定州市）人氏，祖传三代相扑为生。相扑手脚只父子相传，并不授徒，或人缘不好，四处投靠，无人接纳，人称"没面目"。

大名府被梁山军攻破后，朝廷否定了谏议大夫赵鼎招安的谏议，派遣蔡京举荐的凌州团练使单廷圭与魏定国继续征讨梁山。梁山泊正大摆筵席庆祝攻克大名府之际，探报传来朝廷又调遣了两位凌州团练使前来征讨。关胜主动请缨，说水火二将原是他的旧部，他愿带领五千军兵前去劝降，不用兴师动众，宋江大喜，让宣赞、郝思文陪同关胜前往。吴用担心关胜仍存二心，随后再派林冲、杨志等几位头领下山监督与接应。李逵也请缨出战，但被宋江否决。李逵闷闷不乐，第二天独自下山前往凌州。

李逵去往凌州的官道上，路遇焦挺直勾勾地上下打量，李逵气恼，与其厮打起来，焦挺将李逵连摔两跤，得知李逵身份后拜倒在地，说他四处投靠，但无人收留，正打算再去寇州投奔枯树山强人鲍旭。李逵看焦挺的相扑好手段，有意招纳入伙，便说跟他一起去找鲍旭，再去凌州杀了水火二将，有了功劳后带他们一起投奔梁山。焦挺闻听求之不得，随后二人同往枯树山，鲍旭与李逵一见如故。焦挺与李逵、鲍旭正商量一起去打凌州之际，山下路过押解宣赞与郝思文的陷车队伍，焦挺三人劫了陷车，救出宣赞与郝思文后，鲍旭集合枯树山所有人马，五人一同前往攻打凌州。随后五人趁凌州守将魏定国出城迎战关胜之时，打破北门，入城放起大火。关胜见状杀来回马枪，众人首尾配合，夺取凌州。

## 动物关联

相扑高手，受日本相扑选手刻板印象影响，我觉得他应该是身强体胖的角色，用河马作为代表动物再合适不过。

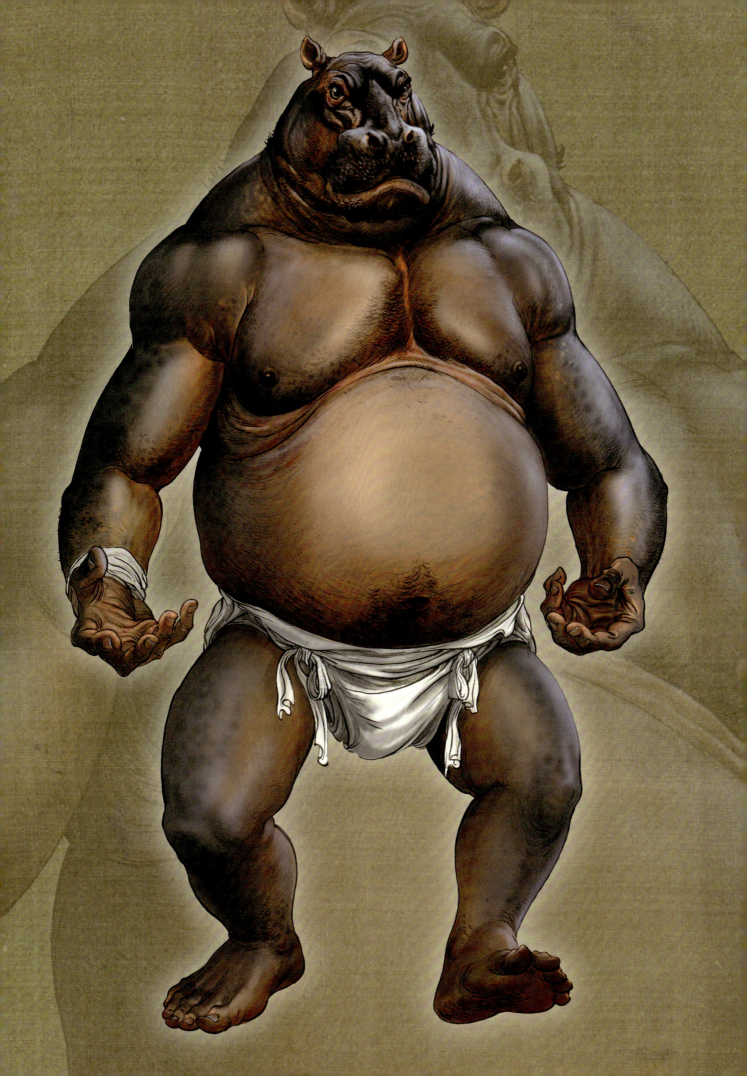

地丑星

石将军

座次◎梁山泊一百单八将排位第九十九

司职◎山寨步军十七将校之一

## 人物生平

大名府（今河北省邯郸市大名县）人氏，原为社会混混，以放赌为生。因身形高大，江湖人称"石将军"，惯使哨棒。

因失手打死赌馆老千，石勇逃至柴进处避难；数日后，又耳闻山东及时雨大名，遂奔赴郓城县投奔宋江。然而，此时宋江也因为杀死了阎婆惜正避难江湖，故石勇没见到宋江，但宋清托其带信，信中谎称宋太公病故。带着宋太公的家书一路追寻，行至对影山一酒家歇脚时，偶然与宋江相会，得宋江应允，带其上梁山。

## 动物关联

"地丑星"，性格倔强，又丑又倔，自然会想到驴作为代表动物。

208

小尉迟

地数星

座次 ◎ 梁山泊一百单八将排位第一百

司职 ◎ 山寨四店打听消息，邀接来宾八头领之一

孙新

## 人物生平

琼州（今海南省海口市）人氏，军官子孙。因调到登州驻扎，遂在登州安家，娶彪悍女子顾大嫂为妻，在登州东门外十里牌开酒店杀牛放赌，与邹渊、邹润是至交。生得威猛高大，学得哥哥登州兵马提辖"病尉迟"孙立几分好鞭枪，江湖人称"小尉迟"。

顾大嫂的表兄弟，登州第一猎户解珍、解宝猎得的大虎被同村毛太公霸占，再被反咬抢掳家财后打入死牢。孙立妻弟小牢子乐和受托，及时报信给顾大嫂，孙新分析后认为唯一的办法是劫牢，并且还需要邹润、邹渊与哥哥孙立的加入才能成功。二邹加入，并商议事成后去梁山落草，这时他们的朋友杨林、邓飞、石勇已经入伙很久了。孙新又让顾大嫂装病骗来孙立，次日，众人成功劫了登州大牢后，星夜奔赴梁山。两日后，在石勇酒店里，闻听宋江二打祝家庄失利，孙立正巧与祝家庄教师栾廷玉师出同门，便献上卧底破庄之策，以作进身之阶。在八人的策应下，五日后，宋江三打祝家庄终于成功，登州一派正式入伙梁山。

## 动物关联

孙新，和其兄一样，都是犀牛。

母大虫

座次 ◎ 梁山泊一百单八将排位第一百零一

司职 ◎ 山寨四店打听消息，邀接来宾八头领之一

顾大嫂

## 人物生平

登州（今山东省蓬莱市）人氏，与丈夫孙新开酒店放赌为生，是解珍、解宝的表姐。因性格粗犷彪悍，全无半点女子气，江湖人称"母大虫"。

解珍和解宝兄弟因一只老虎被毛太公构陷入死牢，乐和通风报信与顾大嫂，顾大嫂当即决定不顾一切营救两个表弟。随后，孙新联络了登云山邹渊、邹润叔侄，顾大嫂又以苦肉计骗得孙立前来，倒逼孙立加入劫牢。事成后血洗了毛家庄，八人星夜投奔梁山。

两日后，八人正逢宋江二打祝家庄失利，而孙立凑巧与祝家庄教师栾廷玉师出同门，便献上卧底破庄之策，以作进身之阶。在八人的配合下，祝家庄顺利攻破，顾大嫂双刀血洗祝家庄所有女眷。而后，登州一派入伙梁山。

## 动物关联

母大虫，性情彪悍，确实是梁山女将之虎，为和关胜区别，选用了白虎。

地刑星

菜园子

张青

座次 ◎ 梁山泊一百单八将排位第一百零二

司职 ◎ 山寨四店打听消息、邀接来宾八头领之一，主管西山酒店

## 人物生平

孟州（今河南省焦作市孟州市）人氏，因纷争杀了光明寺僧后沦为劫匪，被孙二娘之父收留并入赘为婿，后一起在十字坡经营黑店，因在光明寺种菜，江湖人称"菜园子"，善使朴刀。

武松刺配孟州途中路过十字坡，孙二娘欲杀之做包子，被武松识破并打败，张青及时赶回化解，三人结拜。武松怒杀蒋门神后，再次流亡到十字坡，夫妇俩助武松扮成头陀，并推荐其赴二龙山避难，后两人应武松之邀亦落草二龙山。三山聚义打青州后，归依梁山。

## 动物关联

表面温良，绰号人畜无害的"菜园子"，暗里却是杀人卖肉的屠夫，想要一种反差极大的感受，选择了吃菜的绵羊。

214

地壮星

母夜叉

孙二娘

## 人物生平

孟州（今河南省焦作市孟州市）人氏，原在十字坡与丈夫"菜园子"张青经营父亲留下的黑店。因其凶悍泼辣，江湖人称"母夜叉"，惯使匕首。

武松刺配孟州途经十字坡，二娘欲杀之做包子，被武松识破并打败，张青及时赶回化解，三人结拜。武松怒杀蒋门神后，再次流亡到十字坡，夫妇俩助武松扮成头陀，并推荐其赴二龙山避难，后两人应武松之邀亦落草二龙山。三山聚义打青州后，归依梁山。

## 动物关联

为孙二娘塑造一种内外极其反差的形象，选择了兔子，"杀人如麻小白兔"感觉越发恐怖，还有其两只大耳朵，就像竖着一个大大的"二"。

霍闪婆

地劣星

座次 ◎ 梁山泊一百单八将排位第一百零四

司职 ◎ 山寨四店打听消息，邀接来宾八头领之一

王定六

建康府（今江苏省南京市）人氏，原在扬子江边开店卖酒为生。专好赴水使棒，因走跳得快，江湖人称"霍闪婆"。

梁山军二打大名府，时值隆冬，久攻不下，宋江忧思成疾，背生痈疽，疼痛不堪。张顺推荐建安府名医安道全，并连夜启程前往敦请。

张顺奔波千里，来到扬子江边，乘坐渡船时因大意被黑艄公"截江鬼"张旺谋财害命推入大江，张顺咬断绳索后逃生上岸，在路边村店里遇到王定六父子。父子二人仰慕梁山，在张顺亮明身份后，对张顺热情相待，并劝张顺多住几天，等"截江鬼"张旺来吃酒时帮他报仇。但张顺只想立刻请得安道全回山寨给宋江治病，次日，张顺进城时，王定六赠予盘缠。张顺陪安道全去与相好娼妓李巧奴辞别，当夜恰遇"截江鬼"张旺揣着打劫的金银前来厮会，张顺杀了虔婆与李巧奴之后，张旺翻窗逃走。

张顺带着安道全来到江边王定六的酒店里，王定六说他昨日还看见张旺，可惜张旺不在。张顺说给宋江看病是大事，他自己的小仇不报也罢。话音未落，张旺出现在滩头，王定六谎称有两个亲眷要过江，请张旺载渡，随后张顺将张旺捆绑丢入大江，报仇雪恨。张顺感恩王定六父子恩义，请王定六父子同上梁山。此时戴宗赶来，言说宋江危在旦夕，随即戴宗施展甲马神行法与安道全先行，让张顺慢慢回山。张顺等到王定六父子后，一起返回梁山泊。

动物关联

"霍闪婆"，扬子江边，身形瘦小，走跳得快，脑海中一只青蛙向我跳来。

险道神

座次 ◎ 梁山泊一百单八将排位第一百零五

司职 ◎ 山寨掌管监造诸事十六头领之一，专一把棒帅字旗

地健星

郁保四

## 人物生平

青州（今山东省青州市）人氏，原为青州强盗。身长一丈，腰阔数围，十分雄壮高大，江湖人称"险道神"。

段景住与杨林、石勇赴北地购得骏马二百余匹，返回时路过青州，被郁保四抢去献给了曾头市。宋江闻听大怒，之前夺走照夜玉狮子，杀死晁盖的旧仇还没报，又添新仇。宋江分调五路军马攻打曾头市，曾家五虎连折二虎后，曾太公写信求和，宋江假意应允，条件是归还所有被夺走的马匹以及交出郁保四。在梁山交换了时迁、李逵、樊瑞、项充、李衮五名人质后，曾升带着郁保四出面讲和。

宋江看见归还马匹中不见照夜玉狮子，定死索要，但史文恭以立刻退军为条件才肯归还。此时，曾头市两路援军到来，宋江知道曾头市肯定有变，便折箭为誓，策反了郁保四。郁保四返回曾头市卧底，言说宋江无心讲和，现在救兵到来可趁势劫寨，曾太公深信不疑。史文恭当夜率军劫宋江总寨，曾头市陷入空虚，在郁保四、时迁与李逵等五人的里应外合下，梁山军大破曾头市，曾太公自尽，卢俊义活捉史文恭。

攻打东平府时，宋江想先赍战书一封给董平，劝降不果再动兵。郁保四说他认识董平，请缨前往，王定六说愿意陪同前往。郁保四与王定六见到程太守与董平后呈上战书，董平大怒，欲将二人推出去斩首。程太守说："自古两国交战，不斩来使"，只将二人打了二十讯棍。董平余怒未消，接着将二人捆翻在地，打得皮开肉绽才逐出城外。排座次后，郁保四担任掌管监造诸事头领，负责把捧帅字旗。两赢童贯时，郁保四在九宫八卦阵中居中军，负责把守"替天行道"的杏黄旗。

## 动物关联

梁山旗手，身长一丈，腰阔十围，似乎像一个巨人，很符合大象的体魄。

220

### 人物生平

郓城县（今山东省菏泽市郓城县）人氏,原为黄泥冈东十里路安乐村闲汉,曾投奔过晁盖。因游手好闲,无正经营生,江湖人称"白日鼠",惯使哨棒。

东溪村"七星聚义",黄泥冈"智取生辰纲"后,白胜被捕,酷刑之下供出同案七人。后在吴用帮助下越狱,落草梁山。

### 动物关联

白胜,其外表和行事做派很像老鼠,施公点名白日"鼠"。

鼓上蚤

地贼星

座次 ◎ 梁山泊一百单八将排位第一百零七

司职 ◎ 山寨军中走报机密步军四头领之一

时迁

### 人物生平

高唐州（今山东省聊城市高唐县）人氏，偷营高手，曾在蓟州府吃官司得杨雄搭救。因骨软身轻，善飞檐走壁，江湖人称"鼓上蚤"。

杨雄于翠屏山杀死潘巧云与迎儿后，石秀建议投奔梁山，说话间在翠屏山盗墓恰好目睹了一切的时迁现身，希望能够带他一起上山入伙，于是三人一起奔赴梁山。途经郓州独龙冈祝家庄投宿时，因天晚没有下酒菜，时迁偷杀了店里的报晓公鸡下酒，被发现后，石秀又放火烧店，一系列举动惹怒了祝家庄，三人逃跑中时迁被挠钩绊倒活捉。

杨雄接着偶遇在蓟州时曾经救过的杜兴，通过杜兴认识了李应，但李应连番索要时迁未果，反被祝彪射伤。杨雄与石秀二人只好上梁山求援，而晁盖瞧不起偷鸡摸狗之辈，认为辱没了梁山名声，要杀了二人，在宋江与吴用的劝阻下才作罢。宋江建议趁机打下祝家庄，充实山寨钱粮，随后梁山三次用兵，最后在登州孙立的策应下，终于攻破祝家庄，救出时迁与被俘众头领。

呼延灼奉命征讨梁山，以连环马冲阵，大败梁山军。汤隆推荐表兄徐宁，说只有他祖传的钩镰枪法可破连环马。时迁奉令赴东京盗取徐宁视作性命的传家宝"雁翎圈金甲"，成功盗得宝甲后，再与汤隆配合，赚了徐宁上山；随后梁山军大破铁甲连环马。三打大名府，时迁潜入城中，火烧翠云楼为号，指引梁山军发起总攻。攻打曾头市，时迁探察敌情又充当人质，撞钟为号，助梁山军攻破曾头市。三败高俅时，时迁与段景住火烧济州城楼与草料场，助力破敌。

### 动物关联

提起时迁就能联想到偷鸡，提起黄鼠狼也能想到一堆和鸡的俗语，这两个"贼"注定是有一点缘分的！

224

金毛犬

段景住

## 人物生平

涿州（今河北省涿州市）人氏，盗马贼出身。因赤发黄须，江湖人称"金毛犬"。

宋江率兵降服芒砀山三杰后班师回梁山泊，在水泊边过渡之时，段景住突然出现拜倒，宋江诧异。段景住说他盗来的大金王子的坐骑"照夜玉狮子"被曾头市曾家五虎夺走，而这匹宝马是他准备献给宋江做进身梁山的献礼，并且曾家五虎还口出秽语侮辱宋江。宋江遂带段景住上山。宋江叫戴宗去曾头市打听宝马的下落，戴宗返回后说曾家招兵买马，发愿与梁山势不两立，甚至还编造侮辱歌谣，坊间教小儿传唱。歌谣唱道："……扫荡梁山清水泊，剿除晁盖上东京，生擒及时雨，活捉智多星，曾家生五虎，天下尽闻名。"

晁盖听了大怒，立刻要亲自下山捉拿五虎，不胜不归。宋江苦谏无用，晁盖率二十头领并五千人马进攻曾头市。随后中毒箭身亡。段景住与石勇、杨林三人在北地购得骏马二百余匹，回程时途经青州，被当地强寇郁保四全部劫走，献给了曾头市。宋江与曾头市新仇旧恨，不共戴天。后宋江兴兵，最终荡平曾头市。三败高俅时，段景住与时迁潜入济州，烧毁济州城楼与城西草料场。

## 动物关联

阿富汗猎犬，金毛窄脸，与段景住赤发黄须，骨瘦形粗的外表特点相当一致。